電子工業出版社
Publishing House of Electronics Industry
北京·BEIJING

**图书在版编目（CIP）数据**
采撷西行路 / 厨房里的大树著 . —北京：电子工业出版社，2022.2

ISBN 978-7-121-42864-7

Ⅰ. ①采… Ⅱ. ①厨… Ⅲ. ①《西游记》评论 Ⅳ. ① I207.414

中国版本图书馆 CIP 数据核字（2022）第 025072 号

**书　　名：采撷西行路**
**作　　者：厨房里的大树**

责任编辑：李　影
印　　刷：北京盛通商印快线网络科技有限公司
装　　订：北京盛通商印快线网络科技有限公司
出版发行：电子工业出版社
　　　　　北京市海淀区万寿路 173 信箱　邮编：100036
开　　本：880×1230　1/32　印张：7.375　字数：180 千字
版　　次：2022 年 2 月第 1 版
印　　次：2022 年 2 月第 1 次印刷
定　　价：68.00 元

凡所购买电子工业出版社图书有缺损问题，请向购买书店调换。若书店售缺，请与本社发行部联系，联系及邮购电话：（010）88254888，88258888。

质量投诉请发邮件至zlts@phei.com.cn，盗版侵权举报请发邮件至dbqq@phei.com.cn。

本书咨询联系方式：（010）88254210，influence@phei.com.cn，微信号：yingxianglibook。

# 序

## 替《西游记》抱个不平

提起中国古典四大名著，大部分“70”、“80”后还会肃然起敬，但不得不说，在相当数量的新一代年轻人眼中，这些影响了国人几百年的经典，已经不知不觉落伍了，其吸引力和教育意义在不断削弱。其实这也很正常，连金庸、古龙那些曾被很多人认为难登大雅之堂的武侠小说都已经被玄幻、仙侠小说取代，古典历史文学类作品自然更显得晦涩和老套。

传统古典小说对人物心理的刻画往往不够精细，大多强于叙事而弱于刻心，而现在是一个关注内心世界、彰显不同个性、强调无限创意的时代，传统作品自然远远比不上满屏的穿越、宫斗小说吸引眼球，哪怕这些小说不够严谨、缺乏史实也没关系，人家靠的是激烈的情感冲突和天马行空的架构吸引读者。只是由于转型太快，一批也许生理年龄还未老，却时常自认为已经老了的人有些无法适从，于是开始叹息：“时代变了！”

其实何止名著，很多曾经脍炙人口的曲艺，现在也已后继无人。小时候那么吸引人的“春晚”，在综艺娱乐节目层出不穷的今天，没有了一点新鲜感，让人觉得腻味又乏味。传统的没落并非当代年轻人不知道珍惜，而是时代的必然，再伟大的东西其实也有生命周期。我们不难发现，现在很多人家依旧会撑门面般将四大名著珍藏于书架，但往往只是束之高阁，再不会翻阅，书上落的灰就像它们的年代一样厚重，名著沦落至此，不过是个标本罢了，虽不朽，然无用。

如果说渐渐沦为标本，是以四大名著为代表的这一大批作品的集体悲哀，那最悲哀的莫过于《西游记》了，因为就连很多“老人”，也没把《西游记》当回事。《红楼梦》是世界文学史上的经典，良莠不齐、自诩“红学家”的人恐怕比金庸笔下的丐帮弟子还多。《三国演义》也不用说，四大名著中畅销程度和民间好感度最高的就是它。英雄豪杰的故事，刺激了无数人的荷尔蒙，连隔壁某岛国都将之奉为经典，电脑游戏和各类漫画轮番炒作，论坛里“羽迷”“云迷”各种口水战不断，各种“武评家”为了评出十大高手的名次字斟句酌，连被华雄一刀劈死的龙套潘凤也被恶搞成了“无双神将”。《水浒》虽略逊一筹，但也有林冲、武松、花荣、燕青几位偶像派和实力派撑场面，何况还有配套读物《金瓶梅》遥相呼应，充分满足了广大男女的生理心理需求。唯独《西游记》，唯一的帅哥是个不贪男欢女爱的无趣和尚，美女虽多却大多是妖怪，主要人物都是些低等动物。我曾无数次听到各年龄段、各身份层次的人在大庭广众之下，不屑地说：“那是给小孩儿看的玩意儿。”有时候跟人聊天聊到西游，得到的言论也往往是：“噢，我看过电视，没看过书。”

作为一名《西游记》的铁杆粉，每逢这时，我都发自内心感到遗憾，总想大声说一句：这书真心不错啊，绝对值得一读。可世人对《西游记》的误解太多、轻视太久，该从何说起呢？

那就从大家都熟悉的电视剧说起吧。的确，六小龄童、马德华等老一辈艺术家演绎的电视连续剧《西游记》是荧屏里的绝对王者、史诗级经典。包括我在内的“70”、“80”后，大多是看着这部电视剧长大的。想当年，每到假期，必然重播；每次重播，必然重看。就像大家公认的童年第一女神赵雅芝一样，六小龄童就是我们公认的唯一美猴王，而《西游记》电视剧自然也就是大家心中的西游故事。可是很遗憾，这是错的。电视剧的经典虽然让西游故事在我们的年代得到了普及和传递，给青春不复的我们留下永远的谈资和绵长的情怀，但也给《西游记》原著打上了“少儿作品”的悲惨烙印。

在以电视剧为“正本”的人们看来，孙悟空是超级无敌的，天宫众将是废物至极的，沙僧是老实厚道的，唐僧的感情世界是丰富多彩的，各种妖精都是不堪一击的。但当你真的拿起书，认真翻过这一百多回，就会发现，书中的西游世界，根本不是电视里的样子。孙悟空不仅实力平平，也称不上道德高尚；妖精们各有各的故事和特色，绝不是三合不到就大败而逃的废物；沙僧的台词固然少，但内心世界可复杂得很……如果这样一部写人性、写人生的作品只能算“少儿作品”的话，我只能说，您对“少儿”的要求可真够高的！

其实近年来，关于西游题材的热潮不小，首先是电视剧被各种翻拍，有的版本在造型设计上下了大成本，拍得有如“魔兽世界”；有的版本着力刻画感情戏，人不让谈恋爱，妖怪总可以吧！但不管特技多酷炫、形象多“逼真”、武打多生猛、感情多虐心，这些挥金如土的大制作没有一部真正得到群众认可。只有星爷的《大话西游》历经二十余年，始终叫座，很深刻、很催泪，但那毕竟是另一个世界的西游故事，就像徐克的《笑傲江湖》系列，虽然借了壳，效果也很好，但和原著关系不大。在书籍方面，从成君忆的《孙悟空是个好员工》

到今何在的《悟空传》，都是对西游故事的别样解读，前者是管理学作品，后者是再创造的小说，也都很精彩。但说起来，真正拿着原著慢慢啃、慢慢嚼，一章一章点评思考的东西，还真不太多。从前人爱读经典，喜评名著，所以有毛宗岗、脂砚斋、秋水堂，我不敢也不能与大家相提并论，但也想尽自己的努力，为《西游记》讨回个公道，把自己读书时的一些收获和浅见，和还愿意看看这些“老东西”的人做个交流，如是而已。

名著之所以被称为名著，绝不是偶然的。明清小说既然能和唐诗宋词这样经久不衰的经典相提并论，必有其过人之处。是的，时代变了，快节奏也好，急功近利也好，人心不古也好，这些并不是此处要讨论的话题。我只想说，《西游记》可以淡出你的视野，但请给它应有的尊重。好书如美人，哪怕你没有兴趣读它、爱它，也请向它说声抱歉，小生唐突了。

# 目 录

# 01

## 何谓天生领袖

《西游记》的男一号，毫无疑问是孙悟空。西游的故事从他出生开始，到他修成正果结束。“石猴出世”这一章也成为我们那时候唯一一篇被选入课本的西游故事。

投胎是门大学问，孙悟空虽然不是胎生的，但出生地选择得相当不错——东胜神洲傲来国，又“神”又“傲”，听名字就充满power。在西游世界里，东胜神洲被定义为四大部洲中最好的一块土地，人民敬天礼地、心爽气平，过着高质量的生活。好的出身是成功的一半，孙悟空的先天基因和良好出身注定了他是一只不平凡的猴子。

孙悟空一出生动静就很大，双眼放光直射天宫，制造了天界小范围躁动，不过见多识广的玉帝没把它当回事——失去了把“祸害”扼杀在摇篮里的大好时机。

猴子的世界很简单，“吃喝玩乐”四个字足以概括，但孙悟空毕竟是有人性的高等猴，在一次“真心话大冒险”中，选择冒险的他成功钻进了水帘洞，给大家开辟了一套超豪华水景别墅。由于在人口密集区为大家切实解决了住房问题，功劳盖世，理所应当成了众猴之王，并无师自通地按照人间规矩分派了君臣佐使，组建了自己的小社会。

课本就节选到这里，后面就是悟空渡海学艺的桥段了。依稀记得当初老师讲得最多的，是吴承恩先生笔法如何优美，如何构造了一个美丽的风景胜地——这自然是为了辅导我们写“写景状物”类作文用的。除此之外，老师提到最多的就是孙悟空是作者心目中理想的统治者形象。小时候觉得的确如是，孙悟空这样的人当大王、做皇帝，最适合不过了。他勇往直前、敢于争先，给大家谋福利，带大家搞建设，比起高高在上、动不动就把人打落凡间的玉帝强多了。可是随着岁数大了，想法也开始慢慢转变。一位并不太受人待见、我却非常欣赏的老歌手黄安在一首歌里唱道：“我们越来越老，胆子也越来越小。”我不知道年龄和勇气、斗志有没有必然正相关，只是觉得领导的思路有时候要远比勇气重要。

孙悟空是只猴子，再天资聪明也只是个猴子，他对于人类社会的构造有着充分的了解，可以见样学样，组建自己的班子和团队，但不等于他就可以真的掌控人类几千年来不断进化的政务体系。他的确敢打敢拼，开辟了更好的生活环境，组织“全民习武”，为大家做了不少事，甚至到地府改变了猴子们的寿命，无限延长了大家的生命轨迹。但说到思路，这位所谓的最理想统治者只是任性而为，并没有什么规划和原则。于是，当天宫震怒，悟空虽然尽力反击，但最终并没有起到多好的效果，猴子猴孙们被迫卷入这场完全可以避免的战争，被二郎神等天兵天将杀死大半，这完全是孙悟空的责任。虽然将之奉为神祇的猴子猴孙们没有一个怪他，可如果让信徒和子民因为自己的一时激动，甚至是面子，就白白牺牲宝贵的生命，那和恐怖组织头目有什么区别呢？

孙悟空为猴子们无限延长了寿命，却又让这些本可寿与天齐的猴子在一场飞来横祸中把命还给了地府，一切都因他的法力强大变得像儿戏，这真的公平吗？

也许孙悟空更像一位有激情有拼劲、有能力有才华的大哥，这样的人很容易在一个团队里脱颖而出，但他同时是个感情用事、做事没有规矩、无法无天的极端分子，稍有差池，就会把队伍带入万劫不复之地，这位“天生的领袖”究竟算不算得上是个称职的领导，吴承恩先生究竟是不是想把他塑造成理想帝王，恐怕还是值得商榷的。

# 02

## 悟空的学生生涯

孙悟空一向是只想法多变且思考问题长远的猴。在花果山当了大王，虽然逍遥自在，却不能长生不老。这让他感到郁闷，于是在猴子们的建议下，他开始了寻仙的旅程。

孙悟空的第一站是南瞻部洲，也就是书中设定的东土所在。这里的人争名逐利、尔虞我诈，猴子待了八九年，没被人忽悠去马戏团表演杂耍已经很不容易了，最终只学了一套人类的习俗语言，悻悻而去。《西游记》中反映的人间社会主要是在南瞻部洲，从孙悟空求学时的发现，到后来佛祖、菩萨们选派人传经的过程，吴承恩充分将一个世俗、无聊、虚伪、腐朽的社会展现给读者，也借此影射出自己对明朝当时社会风气的强烈不满。人是该有高层次追求的，求财、求名、求功，固然体现一种上进的价值观，但不值得为此终日奔波劳碌，得之狂喜、失之郁郁，而放弃了精神层面的更高追求。孙悟空虽不排斥称王称霸，但显然更在乎无拘无束无极限，自然不在乎东土的这些浅层次的富贵荣华。

猴子乘风破浪，历尽波折，来到第二站——西牛贺州，也正是在这里遇到了他的授业恩师菩提老祖（就是《大话西游》里那串葡萄）。孙悟空入门极为容易，在象征性的面试之后，得了悟空的法名，领了门卡、饭票，幸福地开始了修仙生涯。悟空不比被动进入空门的鲁智深，他居然踏踏实实学习了礼仪道法，平日专心业务，闲暇时锻炼身体，一晃七年，实在是个好学生的样子。比起很多一说要从基本功练起就烦躁的人，守得住寂寞、耐得住枯燥的猴子真是个好榜样。

终于，皇天不负有心人。一次大会上，菩提高谈阔论，孙悟空果然悟性超凡，在师兄弟们全都认真听讲却不明所以然之时，他已经做出了积极的反应——被师父高深的语言刺激得手舞足蹈。死读书、死听讲终究比不上会读书、会领悟，他的异常表现得到了菩提的赞赏，也为他争取了学习真功夫的机会。不过孙悟空是个有坚持、有原则的猴，他拒绝了学习术、流、静、动四种技能，一心只要学长生不老。菩提纵横天下多少年，大概从未见过如此惜命的存在，气得抡起板子打了他三下，便背手而去，关上中门罢课了。别人都以为老师发飙了，只有悟空破解了菩提的暗谜，猜到师父是要他三更时分从后门进去，秘密接受“小灶”，终于得了妙法，从此修炼成不死之身，还学会七十二变、筋斗云两样本事。直到一日，孙悟空在师兄弟的撺掇下当众献技（虽然离开了充斥坑蒙拐骗的南瞻部洲，换了一个洲，终于还是被人当猴耍了），被菩提看到，大发雷霆将他逐出师门，还预言悟空以后必然惹是生非，表示要与其划清界线。

孙悟空的修仙生涯到此结束，好像才刚开始学专业课就被退学了。虽说最该学的本事也学到了，但被逐出师门的结局实在难言完美。菩提最后赶他走的过程十分潦草，好像故意找茬儿一样。按道理，孙悟空应师兄弟提议表演一下学成的本领，实在不是什么大事，并没有在外面显摆，更没有滥用法力恃强凌弱，又不像令狐冲那样结交魔教妖女，何以受到被逐出师门这样的严惩？也许更合理的解释是，法力无边、通晓未来因果的菩提始终在按自然规律办事，该来时来，该去时去，一切顺势而为，缘来缘去不强求、不逆天。菩提不愧是世外之人，行事超脱，不近人情却不失性情，以小见大，从细节看穿孙悟空自负、爱惹事的本性，又因势利导让他在最合适的时间告别，从招生到毕业，悟空的求学路，始终在菩提的操纵下。对猴子，他有传道之恩；对天庭，可不必负连带责任，实在是把为人处世之道练至极致了。看来想修仙的人们，还是得先学好做人啊。

不过细想下来，菩提之妙，何尝不是吴承恩之妙呢？当读者为孙悟空未来的命运迫不及待时，胸中有丘壑的吴承恩早已借菩提之名把结果攥在了手里。

# 03

## 替天行道还是无法无天

很多书评家认为《西游记》最好看的就是大闹天宫的几回，甚至有人表示，《西游记》在猴子被招安后就没什么看头了。我只能说，这是一家之言，是对个人英雄主义的神话和放大。人人都有英雄梦，人人都有反抗权威的原始冲动，但这样任性而为既不现实，也不明智，甚至盲目到没有道理。

孙悟空是个完全不按规矩办事的人，去龙宫是彻头彻尾的强取豪夺。龙王从头至尾体现了一位长者的高素质，有礼有节、从容得体，换成脸皮稍微薄一些的客人都会不好意思。遗憾的是，他遇上的是完全“不要脸”的猴子。孙悟空的所谓借，和校门口那些找低年级同学“借钱”的小混混行为毫无区别。此后，猴子到地府钩去自己和猴族名字一节固然更痛快得淋漓尽致，让人拍案叫好，却也毫无疑问是在使用暴力破坏规则。没人愿意死，但如果人人不死，世界是什么样子就无法想象了，自然规律有其合理的地方。因此，悟空的这两次行为虽然让人觉得过瘾，却是不道德也不合理的，作为秩序维护者的玉帝自然要采取行动。

其实玉帝对猴子挺客气了，他听从了爱好和平人士太白金星的建议，最初的计划是给猴子个小官完事，这的确不失为“你好我好大家好”的结局，只是有点对不住受委屈的龙王、阎王。可猴子被弼马温这个小官职激怒了，彻底翻了脸，于是只能武力解决。作为天庭军界大咖的托塔天王带了哪吒、巨灵神两位“高手”出战，结果败得不像样子。玉帝只好继续怀柔，批准了孙悟空“齐天大圣”的名号。虽然只不过给他虚职，不给实权，但说真的，人间估计都没有一个皇帝能忍下这口气，玉帝为了维护和平，的确下了苦心。

可是没过多久，孙悟空又因为没有接到蟠桃宴的邀请函发飙了。这次他动作更大，一举击败了四大天王、九曜星，菩萨身边的木叉以外援之姿愤然出战，结果也不好使（事后发现这个木叉和八戒、沙僧是一个水平的）。直到最后，玉帝依靠人海战术，在击溃花果山群猴，使孙悟空方寸大乱、无心恋战之际，才通过二郎神、太上老君合力把猴子拿下。

孙悟空的本事确实不小，虽然被抓，但刀砍雷劈，丝毫没事，扔到炉子里都没化掉。最后众所周知，佛祖出马，才把他彻底打服了。至此，目无法纪、一味逞强的猴子终于“得到了应有的下场”。

回到最初的话题，有人觉得孙悟空是充满反抗精神的英雄，就像梁山好汉一样。事实上，梁山好汉面对的是昏君、奸臣，被逼上梁山才不得不反，甚至相当一部分人直到上了山还对皇上不死心。可天庭是否昏庸到不可救药，书上并未作一词。且宋朝对待梁山好汉是又拉又打，玉帝对孙悟空却是旨在教化，就算虚情假意，也算用心良苦了。要知道这位天庭统治者可不是个宽容的人，沙僧仅仅打碎一个杯子，就要被打落流沙河，受每周飞刀穿肋的酷刑。

话说回来，孙悟空毫无寸功，又凭什么坐上高位？一来他的性格、能力未必适合“天庭公务员”的工作；二来一上来就封高官，对其他劳苦功高的神仙也不公平啊。有人提出应该凭本事说话，孙悟空本事这么大，就该让他当一把手。可但凡进入社会的人都明白，一把手未必是个人能力样样第一的，领导更多需要的是综合素质。单打独斗无敌的项羽和会用人也会做人的刘邦相比，就差得远了。就算是在象牙塔里的学生时代，一班之长往往也不是学习最好的那个人。这种仅凭个人才干决定位置高低的言论太不现实。

因此，孙悟空到底是替天行道的大英雄，还是目无法纪的家伙，恐怕是值得思考的。看看悟空最后和佛祖单挑时的对话吧，这只猴子已经野心膨胀到无法无天了，叫嚣着“皇帝轮流做，明年到我家”，却不知玉帝是经历了一千七百五十劫，每劫十二万九千六百年才熬出来的。就算玉帝作为统治者不是特别出色，但猴子当了天宫主宰，以他玩世不恭、不负责任的性格，就真的有能力做得更好、更能服众吗？个人英雄和大众救星可不一定能画等号。

五百年后，世上少了一个好勇斗狠的秩序破坏者，多了一个坚定向善的除魔伏妖人，这难道真是那些书评家嘴中的“悲剧”吗？悟空的结局孰好孰坏，恐怕还要再议，至少我不认为吴承恩是在写悲剧，更多时候，他只是在写现实而已。人需要向现实低头，再是英雄终究也难保天外有天，《说唐》里的李元霸已然被写得超神了，作者还是特意安排了他遭天谴的下场。英雄被镇压的故事颇具现实意义，每个人都应该遵守基本的秩序和游戏规则。看客只知道过瘾，而个人辛酸只有自己明白。喜爱逞能、自命不凡的人，何必用自己的头破血流换别人看戏般的“过瘾”呢？

此处还有个值得一提的问题，唐僧师徒西行取经的路上遇到妖魔无数，几乎每个都和孙悟空打得不相上下，每每要动用神仙、菩萨，由猴子独立搞定的几乎只有武艺低微的花豹精和一条没修炼完成的蛇。不由得让人怀疑，当年他大闹天宫时，如果众神仙把坐骑一起放出来，孙悟空是不是都挂了好几次了？难道当年神仙们没和猴子认真？

有人说，《西游记》有个食物链，神仙怕悟空、悟空怕妖怪、妖怪怕神仙，一物降一物。我有个猜想，是因为五百年里，被压在山下动弹不了的悟空无奈浪费了光阴，而神仙的“坐骑们”在猴子当年的造反主义精神“感召下”，发奋图强练功夫，也做起了自己的英雄梦，此消彼长，才有了后来的反差。想想猴子给社会造成的负面效应还真不小呢！

# 04

## 庸官代表李靖

《西游记》是个大世界，里面有佛、有仙、有神、有妖、有人、有鬼。在上界，提起天庭众将之首，无疑是托塔李天王，但这位李靖大将军，可比不上和他同名的那位唐朝开国名将，从一开始，他就没有体现出与其职位相匹配的素质来。

我们来梳理一下这位天庭军界大咖的“光辉事迹”。先从大闹天宫时期说起，第一战，李天王自告奋勇，率哪吒、巨灵神等围剿花果山，惨败。第二战，带了哪吒、四大天王、二十八宿、九曜星官、十二元辰、五方揭谛、四值功曹、东西星斗、南北二神、五岳四渎、普天星相，领十万天兵进攻花果山，超豪华全明星阵容简直比得上电影《东成西就》的演员名单，结果孙悟空依旧无人能敌，九曜星被完爆，众神只捉了些其他品种的妖怪充数，猴子猴孙们没伤到半只，这一战的唯一意义大概只是改善了天庭动物园的种类。第三战，派出从观音菩萨处借调过来的木叉，又被击败。第四战，在二郎神、梅山兄弟的协助下，加上太上老君的阴招，才勉强擒住猴子。身为天庭高层人物，这种成绩已经够没面子了，但李靖先生似乎决定丢人丢到家。

于是，当猴子踢翻炼丹炉、大闹天宫之时，我们的李天王连人影都没敢露，只有一位在灵霄殿值班的王灵官尽忠职守，和雷部三十六将“三十七打一”，玩了命地挡住猴子，争取到了佛祖的救援。

光阴流转，五百年匆匆过，李天王第二次下凡已经成了猴子的战友，对手是青牛精。首战还是老思路，叫自己最不喜欢的小儿子哪吒趟路，结果宝物全被青牛精的金刚琢收走，告负。吃了亏的天王开动脑筋，鼓起勇气自己做诱饵引青牛精出洞，想让队友趁机烧死他，结果又以失败告终。随后他几次三番陪着孙悟空折腾，兵器法宝收了又抢、抢了又收，直到太上老君出马，才降服妖怪。这一次，老李的态度还算不错，可是能力使然，忙活一场，没起什么作用。

西行路上妖精不断，李天王很快又迎来了和猴子并肩作战的机会。当然，这也许并不是他想要的。可能是上次打青牛精打出了阴影，一看这次的对手还是牛——牛魔王！李靖马上调整了思路，不再轻易试水，而是“徐图之”，于是他的队伍像很多香港老警匪片里的警察，熬到事情基本被主角解决了才出现。当时的牛魔王连续几天被无数敌人围攻，体力已经接近极限了。望着疲惫不堪的老牛，李天王本着“补刀”的心态愉快地参与了这场围殴——但依旧没有拿下暴走的牛魔王。倒是哪吒小朋友在五百年里提高了个人能力，改良了风火轮的用法，火攻奏效，为老爷子挽回点颜面。已经被烧得三分熟的牛魔王不想变牛排，准备使用变化术脱身，李天王终于等到了好机会，拿出了法宝——照妖镜，可惜这宝物有bug，并不能让妖怪显出原形，而是它照到的人、物会被定格在原地！这样一来，定在原地活活挨烧的牛魔王实在受不了，终于被降服了。李天王不由分说，带着战利品飘然而去，回天上领奖金去了。

这还没完，李靖的出镜率可是相当高的，虽然能力不怎么样，但是脾气不小。当初率天兵攻打孙悟空，其部将巨灵神就差点因为作战失利被他斩了，后来老李通过亲身实践，发现打不过孙悟空纯属正常，也就不再提惩罚人家的事了。却说又一次，唐僧被老鼠精擒获，猴子意外得知老鼠是李靖的挂名女儿，立刻上天庭告状。李靖这家伙不由分说、不假思索，就开始暴跳如雷，也不按程序办事，居然动用私刑，把孙悟空捆起来就砍。这还有没有天理了？身为天界高层官员，在别人告自己状之时，第一反应竟然是杀掉原告！这性质太恶劣了！面对太白金星的劝阻，李靖的解释是，这是诬告，自己在凡间没有女儿，更不可能成妖精。既然如此自信，其实不必滥用私刑啊，大可以去有关部门分辨清楚，难道还怕都是自己兄弟的天庭只听猴子一面之词，不加证据搜集就处理自己吗？李天王的法律意识也太淡薄了——也许是他横着走惯了，把自己当成法官了吧。

讽刺的是，后来经哪吒两度提醒，李靖才恢复记忆，总算想起来了前尘往事——原来真认了个干女儿，但因为几百年没什么联系，被自己忘了！知道错了的李天王顿时换了一副嘴脸，对着猴子求饶服软，生怕猴子告到玉帝那儿，影响自己的光辉形象和职业前途，最后还无比积极主动地协助猴子下凡，收了自己的干女儿。当官员当到这么无法无天，当爷们当到这么没头没脸，当干爹当到这么没心没肺，李靖真算是个极品了。

李靖的昏庸无能，其实只是天庭官员的一个缩影，吴承恩先生借这群无才无能的天将，影射着自己那个时代里同样可笑可耻的官吏。其实历朝历代，毫无本事却身居高位、尸位素餐还颐指气使的官员比比皆是。孙悟空有不死之身，天王再不讲理，也杀不死他，但若是黎民百姓呢？之前也提过，《西游记》里有个奇怪的食物链，天庭官员打不过孙悟空，孙悟空打不过他们的坐骑宠物，而这些成了精的动物又是一见到主子就跪。如果排除主人和宠物的天然从属关系，以及主人法宝的威慑力，相信就凭以李靖为首的这群天将的本事，宠物们必然能将其打翻。真可谓：庸官不如禽兽，吴承恩的妙笔用最好的讽刺道出了当时老百姓对统治阶级的心声。

# 05

## 被黑成渣的二郎神

二郎神杨戬，是民间知名度极高的一位天神形象，大小神话传说中，他时常出场，和玉帝、王母、李天王、哪吒、太白金星等人共同构成了天庭体系。《西游记》里，二郎神更是该体系中唯一一位可以和孙悟空一较高下的人物。孙悟空大战青牛精时曾有过内心独白，说天庭诸将大多不如自己，也就二郎神是个对手，足见其强。但正是这个二郎神，随着时代发展，在民间的地位不断下降，特别在一些影视剧中，直接被黑成了渣。

《西游记》里，二郎神拥有一个特殊的权利，对玉帝“听调不听宣”，有自己的一片场子和队伍，享受民间香火。为何他如此之“跩”？故事要从这孩子的童年说起。话说二郎神他妈是玉帝的妹妹，下凡遇到了自己的真命天子，于是私定终身，生下杨戬。玉帝觉得仙女嫁凡人，很没面子，便将妹妹镇压在桃山下，杨戬长大之后劈开桃山救出母亲，母子团聚。连山都劈了，玉帝不服不行，为了维护亲戚间起码的体面，最后大家各退一步，握手言和，于是就有了“听调不听宣”的说法。是不是很熟悉，让人想到一个叫“宝莲灯”的故事？

的确，这就是“宝莲灯”的原型。

但二郎神的噩梦正是随着“宝莲灯”的出现开始的。在“宝莲灯”的故事里，二郎神不仅不是劈山救母的小英雄，反而成了那个坏舅舅，千方百计破坏外甥沉香救母。男主角直接变成大反派，怎么会改得如此离谱？这就是民间传说的力量了。其实自古以来，我们的民间力量就有一种超凡的本领叫“改编”，或捧或黑，众口相传中，平平无奇的凡夫可以一跃成为超神的存在，劳苦功高的英雄也可以瞬间沦为败类。至于改编者的出发点在哪儿，往往不得而知。二郎神劈山救母本就是个传说，但是长江后浪推前浪，也许后来人觉得有几分本事的二郎神比平庸的玉帝更适合当反面大boss，于是推翻了前人的故事。

杨戬多想叫一声冤，告诉世界他才是那个勇敢孝顺的好孩子，可惜他听都没听说过的沉香早已深入人心。也许会有人拍拍他：“你的故事可能是真的，但沉香的故事也可以是真的啊！说不定你成了舅舅之后，也开始学玉帝欺负人了啊！”

倒霉的杨戬同学只能认命，乖乖拿起舅舅玉帝的剧本，重新调整状态，扮演好自己的新角色。正如网上笑言“颜值即正义”，由于被定性为反派，在许多影视、动漫作品中，杨戬的颜值也跟着一落千丈，这位被《西游记》原著记载的英俊小生，不知不觉沦落成了“兽面兽心”。

人品和相貌暴跌还不是最惨的，毕竟男人嘛，有才干才是最重要的。可是二十年来，从《春光灿烂猪八戒》到《大话西游》，包括高成本打造的《大闹天宫》等作品中，二郎神的能力也不断跌破底线，成了个自以为是却武艺低微的小角色，被孙悟空、紫霞仙子、牛魔王等人物各种血虐，于是《西游记》里和孙悟空不分胜负的二郎神，在很多人心中，也不过是李天王、巨灵神之流罢了。

如此英雄，究竟为什么被黑成了渣？其实原因不难推测，孙悟空一直被认为是反抗特权阶级的英雄，那么特权阶级必然是反面的、腐朽的、无能的，天庭官员自然都要像李天王这样高薪低能才合理，二郎神如此厉害，实在是不和谐，自然要予以丑化。收放自如的吴承恩先生在《西游记》中，既突出天庭的腐朽，也塑造了如王灵官这样尽忠职守的好干部（此人曾在孙悟空大闹天宫时勇敢地站出来与其玩命），更描写了二郎神这样确有能力的人才，这才是大家手笔，客观、理智、公道，这样的作品也才称得上名著。后世民间一味地捧孙贬杨，自以为抓住了作者的精髓，却弄巧成拙，一边倒的“大闹天宫”反而失色不少。

其实二郎神也不必悲伤，他还不是被黑得最惨的人物，而且墙里开花墙外香，杨戬在《封神演义》里还有施展的空间，在那里他又演起了正面人物，是反抗特权阶级的斗士，自然少不了风光。想想《三国演义》里坏得让人切齿的曹操、笨得滑稽可笑的鲁肃、死得莫名其妙的吕蒙，还有魏国、吴国那一大批被赵云等人“战不三合，一枪刺于马下”的悲催男，杨戬也该很安慰了。

到这里，必须要说一个人——唐朝名将苏定方。前些年，隋唐系列一度被翻炒得很热，一部部隋唐偶像剧被搬上荧屏。这些隋唐戏大多沿用了古典小说《说唐》三部曲的内容，苏定方在这套小说里是一个不折不扣的大反派。可怜历史上的苏将军东征西讨，为大唐帝国立下多少汗马功劳，还培养出裴行俭这样的硕果，却被《说唐》描写成了一个正派人物的绝对对立面，终日与罗成等又帅又厉害的纯虚构人物作斗争，留下千古骂名，至今都不得翻身。民间舆论的力量，何其恐怖，不可不察也！

# 06

## 职场菜鸟的警示书

孙悟空天资聪慧，自菩提老祖处学得一身本事后，融会贯通，此后力斩混世魔王，重夺花果山，和妖界大魔头牛魔王等六人义结金兰，龙宫强夺金箍棒，地府擅改生死簿，风头一时无两。这等笑傲人生的快意不知道让自明朝以后多少读者艳羡不已。此时的猴子就像一个刚刚离开校园、走进社会的年轻人，奔放不羁，带着一身本领，什么都不放在眼里。但之前惹的祸，总是要还的。玉帝听了龙王、阎王的哭诉，本意准备惩处猴子，却被极其精明的“老好人”太白金星劝住，采取了“招安”的形式。于是，就如同走进社会，想自主创业又忽然没了挑战的青年，猴子也不得不开始面对自己的职场人生。

在“学校”和自己的团队里野惯了的猴子本来对求职没有太多的考虑。严格意义上说，猴子在离开学校后的所作所为，足以被扣上“涉黑涉恶分子”的帽子，他的花果山堪称东胜神洲傲来国最大的帮派组织。猴子的是非观就是强者为王，本来也不在乎有没有正式编制，不过面对上天主动抛来的橄榄枝，他还是很欢喜有这个“洗白”的机会的。于是当太白金星来访时，他颇有礼数、很像模像样地安排了宴请，不过太白金星谢绝了——这老头已经是官场老油条了，很清楚招安猴子只是为了维护稳定，这个不安定因素以后怎么样难说得很。自己如果吃了请、受了礼，以后一旦有了牵连就说不清楚了。

猴子正值嚣张时，对太白金星有意无意“教授”的这一课根本没意识，大大咧咧跟着上了天。喜欢体罚内部员工的玉帝对猴子还算宽容，免了一切礼仪，还给了他一个弼马温的职位。很多人小时候读《西游记》，都认为玉帝没有用人之能，猴子有如此本事，只让他当一个小弼马温，太屈才了。可长大之后的人们，一定会会心一笑，这是理所应当的“规矩”，我们都懂的。你也许本领通天，但你必须从头开始。大多数人都明白，也都在默默遵守这样的规则，可是猴子不懂，于是当他知道弼马温职位小得惊人时，他暴怒了。

回到帮会里的孙悟空一举打败巨灵神、哪吒，竖起“齐天大圣”的旗帜，公开和天庭叫板。以柔克刚的太极高手太白金星再度登场，代表玉帝，批准了猴子“齐天大圣”的名号。“职场菜鸟”孙悟空此时根本不是真的要反，只是想展现本事为自己谋得更好的待遇。当他知道太白金星再来的时候就暗喜“今番又来，定有好意”，跟着还盛情接待。太白自然又一次谢绝了宴请，不吃不拿。

这一次猴子基本满意了，继续过着吃喝玩乐的生活，又开始拿出了混江湖的那一套，和这些神仙、神将交朋友、称兄弟。直到“蟠桃会事件”发生，没有得到邀请的猴子才发现，自己又被耍了。所谓的“齐天大圣”简直成了一个笑话，别人都这么笑呵呵叫你，但没有一个人真的当你是回事。这一次的打击，显然比前次更大，猴子发现自己错了，本以为这个社会是凭本事赢得尊重的，但发现不是那回事。

不玩了，单干吧！孙悟空咬牙切齿回到花果山，留下了蟠桃宴一片狼藉，那是他的发泄和控诉。知道必然会被惩罚，猴子没有放松，日夜操练，等待着新一轮的轰炸。于是，九曜星、四大天王、木叉、二郎神，一个接一个来，直到被一群人围攻加暗算后，猴子终于被捕。

本以为这场刺激荷尔蒙的英雄传说就此终结，不料猴子不惧刀劈剑砍、火烧雷劈，还从八卦炉里一跃而出，真正的大闹天宫才刚刚开始呢！这一次，无可敌挡的猴子面对着被打翻在他面前的一众天庭高层，咆哮着发出了最强音："灵霄宝殿非他久，历代人王有分传。强者为尊该让我，英雄只此敢争先。"

可惜，强中自有强中手，几乎要制造奇迹的孙悟空终究翻不出佛祖的手掌心。他破坏了一切规矩，却始终要被规矩制裁。

如来在镇压猴子之前，和他有一番对话。在猴子对玉帝不屑一顾时，佛祖道出了玉帝的成长史：他自幼修持，苦历一千七百五十劫，每劫十二万九千六百年——佛家经常以这种恐怖的天文数字无限延伸宇宙的生命。孙悟空还是听不明白，执迷不悟地吵吵："他虽年久修场，也不应久占在此。"这时候的孙悟空已经完全飘飘然了，他不会考虑别人也是打他的岁数起一步一个脚印熬出来的。

猴子以身试法，直到被镇压在五行山下，才开始思考人生。如果说他此前的第一信条是"强者为尊"的话，那他的第二信条就是"天下皆兄弟"了。可惜这第二信条也被现实击打得粉碎，他那套江湖作风，嘻哈打闹的校园习惯终究不符合社会行为规范和职场规矩。无论是那些天宫上和他称兄道弟的天王、神仙，还是下界里同样和他称兄道弟的魔王、妖怪，在他被镇压的五百年里，没有一个人看望过他，这就是现实。自认为兄弟无数的猴子忽然发现，其实自己并没有一个真正的朋友。

在孙悟空的社交圈子里，天庭诸将们一向循规蹈矩，下界诸妖也忙着为自己的一亩三分地耕耘打拼，还有那些攒够了本钱、不准备再为社会创造价值的快活神仙，更无暇管别人的闲事。无论哪个领域，大家都遵循着各自的规则生活。也许在某年某月的某日，巨灵神和哪吒打球的时候会不经意谈到猴子："武功高就可以为所欲为吗？要个性也要有个分寸，就该好好磨练磨练他！"也许同一时间里，牛魔王和猴子另外五位结义兄弟一边泡着温泉一边聊天："当年咱们随便扯扯淡、骂骂街，也就是图个嘴上痛快，老七这'二货'居然真抄起棍子和人家干起来了，现在傻了吧！"

五百年的雨打风吹里，孙悟空看透了一切。佛祖和菩萨告诉他，皈依是唯一的出路，任何人在连生存都受到挑战的时候，什么雄心壮志都会被抛在脑后，什么个性性格也都不再重要。于是，猴子像其他人一样面对现实了。过去的事，对也好，错也好，都是错。当唐僧揭开那道符，一跃而出的再也不是毛毛躁躁的齐天大圣，而是一只不再年轻、不再任性的"刑事解教猴"。西行路上，不会再轻易相信感情的猴子，和同样伤痕累累的猪、水怪，组成了一个并不强大却目的性极为单纯的组合，他们成功了，也解脱了，但他们从来不曾是朋友。

# 07

## 李世民的地府三日游

唐太宗李世民一直被视为中国历史上最优秀的帝王之一，文治武功过人，开创了大唐盛世。《西游记》的故事背景既然放在了唐朝，自然少不了这位大唐明君的戏份。李世民在书中虽然只是个配角，属于友情出演的那种，但作用却极为重要，成为引出唐僧取经故事的线索人物。

故事的起因很荒诞——有个泾河龙王，喜欢跟人叫板，为了打赌，违背了天庭降雨守则，按律判了死刑，不过行刑人居然是人间的魏征！龙王赶紧求李世民救命，李世民挺仗义地答应了，专门在行刑时间把魏征请入宫中盯着他，结果魏征居然打了个盹，在梦里把龙王斩了！李世民因为这件事被龙王索命，从此病倒，眼看就不行了。神一样的魏征却已经帮他安排好了后事，让李世民下到地府找自己的熟人崔珏，可保无虞。

人与人之间的“关系”，是客观存在的，但再硬气的“熟人”、再靠谱的“关系”，也应该是基于法律、制度甚至道德约束的。吴承恩生活的封建时期，是完全“人治”的社会，自然没有这么多讲究。人都死了，仅凭当年阳间的交情，居然还有复活的机会！把关系用到这一步，魏征真神人也！

李世民下了地府，果然很快遇到了阎王身边的红人，也就是魏征的好友崔珏，送上魏征的书信。崔珏是个识时务的，立刻“满心欢喜”，表示魏征平时非常关照其子孙，这个人情肯定得还，复活之事包在自己身上——老崔是个聪明人，自己现在虽死，可比活人权力大多了，虽然身份并不太高，但属于要害部门、重要角色，生杀大权可是能参与、至少能掺和的。做点手脚，让个把死人复活，对他来说不叫事。可是牛归牛，毕竟只局限于阴间，自己是有子有孙的，于是他故意在李世民面前提到魏征平时对自己儿孙的照顾，意思很明显，我让你还阳，你不也得加倍照顾我的后人啊？李世民是谁，这点东西能不懂吗？回人间之后他就是老大，那想“照顾”个人不也是一句话的事吗？于是大家买卖谈妥，皆大欢喜，心照不宣。

此后的经过对李世民来说就轻松多了，到底是个帝王，还是成绩不错、好评度颇高的明君。到了阴间，十代阎罗王降阶相迎，言辞十分卑微。双方各自谦虚一番，进入正题。其实阎王们请李世民下来，主要是和龙王对一下账，看看这件事是不是李世民不守信用，答应罩着人家结果没履行。果然李世民刚把事情经过讲完，阎王就表示完全了然，是龙王不对，胡搅蛮缠！阎王一面跟李世民赔不是，说害他下来辛苦了一趟，一面派老崔拿生死簿，帮李世民查查还有几年寿命。

虽然根据前文，我们知道李世民在营救泾河龙王方面确实尽到了自己的努力，如果这样被索命的确是无辜的，但这种根本未经对质的审判未免也太儿戏了！如果只因为此人地位高、权力大，就可以凭他一面之词随意判定，法律尊严何在？就凭这几位阎王的素质，这阴间可比人间不公平多了。吴承恩没有机会像李世民一样游历阴间，他笔下这儿戏一般的公堂，自然是影射人间了。明朝历来被人诟病，不少人称其是中国历史上最黑暗腐朽的朝代，并非没有道理。古典名著多现于明朝，如果说《水浒传》借宋朝讽刺影射当时还不算太明显的话，《西游记》从神佛鬼怪到天上地下，全方位、多角度、立体化的反讽，可是再明白不过了。

阎王们给李世民查寿命的本意显然是为了趁机搞关系——他们自己说了叫老李下来只是为了和龙王对簿一下，以彰显地府的“公平”（虽然根本没见到什么“对簿”），让崔珏查查他的寿命完全属于附加服务。以李世民的功绩和地位，阎王们很清楚，就算将来他死了，地位也低不了，还不如趁着这次提前见面的机会，好好攀攀交情。

不过当崔珏遵照阎王指示翻开生死簿后，意外地发现，李世民还真的是到时间了，寿命余额已经没了！原来这次下地府并非意外！崔珏的重要作用顿时突显，只见他取过大笔，把“李世民寿止贞观一十三年”加了“两横”，变成了“三十三年”。一切搞定，不露痕迹——这真是李世民之大幸，承乾太子之大不幸啊。阎王看完之后，立刻告诉李世民，没事了，你还能活二十年呢，请回。

在那个人人都会对笔迹、认字体的年代，修改没修改，一目了然，况且新加的两笔，自然墨色犹新，搞不好还会粘在上一页上，想看出破绽简直轻而易举。然而阎王居然毫不留意，像应付事一样瞄一眼就把本子合上了。到底是水平太低，还是有意糊弄，甚至是和崔珏不谋而合而有意包庇呢？

试想一下崔珏在世之时，也并非知名人物，死后能在“人才济济”的地府获得如此肥差，恐怕揣摩领导心思是他最擅长不过的了。

结合十代阎王初遇李世民时谦恭友善的态度、他们审龙王一案时的潦草，崔珏恐怕已经摸清楚了阎王的态度，于是才敢下笔乱改。阎王不是一般角色，虽然职务在天界体系里不算高，但位置重要、油水极多，怎可能是连墨痕都认不出来的酒囊饭袋？看到崔珏使手段故意不点破，恐怕阎王们还会在心里暗赞一句："还是崔判官会办事，办得漂亮！"

于是，李世民的地府之行完美收工，在崔判官、朱太尉的陪同下，有惊无险地参观考察了阴山、奈何桥、六道轮回之所等著名"景点"，深入了解了一个人活着时的不同表现，直接决定其死后的工作项目和生活状态，终于回到了阳间——复活时间距其咽气已有三天。通过这次印象深刻的"调研"，李世民切身感受到了"善恶终有报，信佛得永生"，从此坚定了礼佛的信念，就这样，引出了唐僧取经的故事。

# 08

## 取经团队的人物属性

“金木水火土”五行是中国古代文化的重要组成部分，彼此相生相克，金克木，木克土，土克水，水克火，火克金；金生水，水生木，木生火，火生土，土生金。《西游记》的章回标题中也多次出现了这些符号。如：莲花洞木母逢灾、金木参玄见假真、猿马刀归木母空、金公施法灭妖邪、金木土计闹豹头山等等。如此深奥的标题让很多第一次看原著的读者看不明白。其实并不复杂，这些五行符号就是孙悟空、猪八戒、沙和尚的指代。

在《西游记》人物的五行属性中，悟空、八戒是最容易明确的，文中多次以金公、木母代表悟空、八戒，一目了然。而在“金木土计闹豹头山”一章中，沙悟净的属性“土”也被揭晓。结合五行相生相克的道理，悟空三兄弟的属性也十分合理。

孙悟空刚毅正直，充满攻击性、战斗力，就像无坚不摧的利刃（古人常用“金”指代兵器），此外，他对师父忠心耿耿，对取经大业矢志不渝，正是一块不怕火炼的真金。

猪八戒看似本事平平，但左右逢源，给点阳光就灿烂，给点助力就发威，孙悟空背后几句吆喝，能让他战斗力瞬间翻倍，正像一棵普通的树木，表面上平平无奇，但一有雨露滋润，就可以生叶开花。五行之中，金克木，锋刃可以斩荆棘。悟空对八戒也占了绝对的优势，且不说八戒是他所擒，平时生活打闹中，八戒也常常被悟空戏弄，无可奈何。

至于沙僧，师兄弟三人中，最低调、台词最少的就是他，就像最普通的黄土。但土地是万物生的基础，沙僧也是取经团队中不可或缺的基础力量。多少次悟空、八戒去探路、战妖怪，都是留下沙僧保护师父，虽然多次保护不力，但那属于能力问题，论态度他算得上兢兢业业。五行中木克土，木桩子从来都是打进地里，沙僧也确实被八戒压了一头。八戒“入职时间”比沙僧早，做了师兄，而收沙僧之时，八戒所起的作用也大于悟空——悟空不熟水性，在流沙河三次出马交手沙悟净的都是八戒。

取经团队一行正好五人，那么唐僧和小白龙分别是什么呢？根据书中的设定，唐僧无疑牢牢克死了孙悟空，任猴子本领再大，也怕坏了紧箍咒。谁都管不住的唐长老，唯独能把孙悟空这个高手治得服服帖帖。火克金，让金性的孙悟空无可奈何，唐僧自然是火性。此外，木生火，小时候看《西游记》，大家最讨厌猪八戒的煽风点火，可偏偏只要这家伙进谗言，唐僧“一点就着”，孙悟空为此没少被冤枉、吃苦头。八戒恰好是木性，唐僧不正像是被这根柴木点起的大火吗？原著中，唐僧虽然精通文史哲，修养不凡，却不是个慢条斯理的人，遇到妖怪动辄起急、遇到难事不问青红皂白的脾气也算得上性如烈火了。

最后仅剩的小白龙自然就是“水”了，本来身为西海龙王之子的他就出自水中。水克火，唐僧西去路上，各种“家伙事儿”什么都没丢，唯独是那匹御赐白马，一出场就被小白龙吃了，这也算够“克”的了。此外，水生木，猪八戒在《西游记》中最大的一次功劳就是在孙悟空被逐，唐僧、沙僧被擒时，没有放弃取经大业，毅然前往花果山说动猴子救师父、打败黄袍怪。但这一大功，多半要算在小白龙身上，别忘了当时八戒本已万念俱灰，提醒这块“木头”去花果山找大师兄救人的，可正是小白龙啊，是小白龙成就了八戒取经途中这次最大的贡献。而土克水，西游记里牵马的恰好是沙僧，大概也只有“土性”的沙和尚最适合管理“水性”的小白龙吧。

提起这一点，原著和电视剧是有明显区别的。由于《西游记》电视剧过于经典，大部分人受其影响，一直认为是八戒牵马、沙僧挑担，却不知书中恰恰相反，多次明言八戒挑担、沙僧牵马。乌鸡国国王曾经在被救活后替八戒挑了会儿担子，八戒还天真地以为这国王能跟着干长工，乐坏了。而如来在对唐僧等进行表彰时，谈到沙僧的最大功绩，就是他登山牵马有功。

# 09

## 糟糕的领导和坚贞的信徒

毫无疑问，取经一行的核心是唐僧。孙悟空师兄弟三人历经千辛万苦的最终目的，也是为了让这个手无缚鸡之力的读书人到达灵山，亲手取回真经，不然悟空两个筋斗云就可以打个来回了。在西行十余年的路上，唐僧充分展现了他对佛学极深的造诣和对取经执着无悔的坚持，在诱惑和挑战面前，他基本做到了勇于面对、不改初衷。作为取经人，他是当之无愧的好选择。但作为取经团队的领导，他绝对是不称职的。

唐僧启程之初，就遇到了虎、熊、牛三妖（至今不明白为什么把这三种动物放在一起），“三妖”在唐僧面前活吃了他的两个随行人员，给他造成极大的心理创伤，对他的泪腺造成了摧残性打击，使唐僧从此认定了自己必须依靠强有力的保护者，才有可能完成目的。从此每逢困难，唐僧必然流泪，甚至“睡在地上打滚痛哭”（每次看到这个“睡”字都不觉发笑，大师用字真是传神）。每逢险要所在，都要提心吊胆，一再嘱咐徒弟们，打起精神，小心妖怪。作为领导，依赖心理过重，有信念无信心，这是唐僧的第一个问题。

在好心猎户刘伯钦的帮助下，救出悟空的唐僧大喜，觉得自己有了希望，却对孙悟空缺乏起码的信任和教导，无视孙悟空的出身，对他的经历半信半疑，在孙悟空杀死土匪之时他一味指责，没有任何有说服力的引导。要知道当时的孙悟空只是一只妖精，且刚被释放，正有待发泄，还没有全身心投入取经大业中，更没有真正皈依佛门，岂可像教训小沙弥一样待之？在观音菩萨的点化下，唐僧才终于用“金箍”降服了猴子，有了紧箍咒这个略带阴损的“一招鲜”。作为领导，不信任部下，不能因势利导形成共同理念，完全靠强制手段管控，这是唐僧的第二个问题。后来两次赶走悟空都是由他这种糟糕的性格和拙劣的引导能力导致的，好在悟空是只有始有终、知恩图报的猴子，一直忠心耿耿。

在猴子的帮助下，唐僧先后有了白龙马、猪八戒、沙僧三个随从，正式组建了取经团队，但队伍中，猪八戒和孙悟空始终打打闹闹，互相捉弄，不能说全无感情，但绝对算不得朋友。沙僧默默无闻，只是呆板地履行义务，完全没有融入集体的打算。这样的团队，在关键时刻，往往是一盘散沙，各自为战，导致在西行过程中多次出现取经团队成员被捉甚至惨遭“团灭”。作为领导，不能团结队伍，凝聚向心力，致使“一加一小于二”，这是唐僧的第三个问题。

孙悟空可以说是取经最大的功臣，他的个人贡献甚至远远超过其他人之和。相反，猪八戒意志不坚定，还喜欢搬弄是非，虽然也有功劳，但负面影响也不少。但唐僧对待几个徒弟的性格、人品、能力缺乏起码的判断，只因为性格不合，就多次不听悟空的忠言、诤言，而对猪八戒玩笑式的撺掇一听就信，往往直接导致被妖怪捉住（案例比比皆是，不再列举）。作为领导，不辨忠奸，这是唐僧的第四个问题。

更让人心寒的是唐僧的为人。唐僧自从收了徒弟，每逢灾难，最关心的都是能不能保他脱险，徒弟受苦受累，他往往只是一句领导客套式的“辛苦了”，随后马上转为关键问题——如何除妖，如何过关。遇到困难，唐僧从来没有挺身而出，反而习惯性向后退，把徒弟们推上前。五庄观里因为人参果被捉，只知道埋怨孙悟空三人，悟空主动认错替他挨打，唐僧不仅不领情，反而说出“绑着我也疼啊”这种既怂包又没心肝的话。更有甚者，悟空为他打杀山贼之时，这个慈悲为怀的好和尚竟然在山贼尸首前念叨：“你到森罗殿下兴词，倒树寻根。他姓孙，我姓陈，各居异姓，切莫告我取经僧人。”八戒笑一句：“师父推了个干净，打人的也没有我们。”这和尚居然真的又祷告：“好汉告状，只告行者，不干八戒、沙僧之事。”作为领导，自私自利，不敢担当，推卸责任，这是唐僧的第五个问题。

在很多人看来，四大名著中有四个让人“讨厌”的角色，《水浒传》中是宋江，《三国演义》中是刘备，《红楼梦》中是贾宝玉，《西游记》中是唐僧。说实话，宋江不改忠义之心，初衷本善，他贪图名利到底是利用兄弟还是为了兄弟，按不同的解读可以有不同的结论，到底是不是值得人讨厌还有一说（可参照新老两版《水浒传》电视剧中不同的诠释）。刘备更是忍辱负重，坚定报国，且对兄弟重情重义，更多人讨厌他只因为其能力不强，又喜欢哭罢了，说其令人厌恶实在不至于。贾宝玉万花丛中一点绿，本性风流，环境使然，却是个真性情的“惜花公子”，是个自有可爱之处的“槛外人”，至少也算是个有争议的人物，讨厌他的人大概多少有些“羡慕嫉妒恨”吧。唯有唐僧实在难以恭维，多少年来，几乎没有为他“翻案”的声音，大概说他是整个古典名著群中最不招人待见的一个，也实至名归吧。

当然，《西游记》成为名著绝非偶然，唐僧这个糟糕领导的塑造也绝不是单纯供后人唾骂的。很重要的一点是，如果没有唐僧，取经根本无从谈起，孙悟空本事再大，也许还压在山下。唐僧的智慧、才能都不怎么样，甚至人品也相当凑合，但没人能否认他强大的信念。是这份信念，让他在怪兽面前流着泪也不说后悔；是这份信念，让他在美女面前咬着牙也不说“I do”。多少次，就连意志坚定的孙悟空在潜入妖洞时，想的都是“师父如果从了妖怪那就散伙，如果坚定不屈就救他一救。”而唐僧从没让徒弟失望过。多少次，悟空大战妖怪侥幸脱身之际，都会在半空中看到唐僧捏土焚香为自己祷告，祷告猴子战无不胜，自己可以如愿取得真经，每逢此情此景，猴子都会激动不已，加倍努力。在这十多年的考验中，唐僧坚持到了最后，再讨厌他的人，恐怕也很难不尊敬他。

一个如此无能、无法、无知、无情的糟糕领导，却又是队伍当之无愧的灵魂人物和取经大业推进下去的依靠，这怎么看都矛盾的现实里，到底是我们的评判标准错了，还是这根本就是不完美的完美呢？

# 10

## 神通未必广大的孙悟空

提到孙悟空，人们一向觉得他神通广大，也许是受经典电视剧的影响，总觉得取经路上大小妖怪在他的大棒子面前完全不够分量，但翻看原著，才发现事实并非如此。

妖精比武，不同于《三国演义》《水浒传》中的武将单挑，除了纯武艺之外，更重要的是法术。孙悟空的本事学自神仙界博导级“大拿”菩提老师，但他只学了没多久就被劝退了，学到的最强法术无外乎筋斗云、七十二变。西游群妖中，腾云驾雾是基本功，几乎大家都会，当然大多数妖怪可能没有悟空一个筋斗十万八千里那么快，不过金翅大鹏在这方面完爆了猴子。至于变化之法，也是准一流以上妖怪的必修课，连白骨精这种法力平平的妖精都会。猪八戒这种给人送经验的“菜鸟”也有三十六般变化的本事。像猴子这样掌握七十二变的，神界有一个二郎神，妖界有一个牛魔王，大家也都不相上下。至于猴子金刚不坏不死之身，也未必是多大不了的事。虎力、鹿力、羊力三位大师，要不是悟空作弊玩阴的，照样可以断头、开膛、下油锅而不伤毫毛。牛魔王更是表演过被李天王、哪吒父子连斩十几头而断头复生的绝活。因此，猴子事实上并没有一项本事是绝对第一。

不仅如此，很多妖怪还掌握了猴子不具备甚至恐惧的本领。黄风怪的黄风大法把猴子一度变成了盲人；红孩儿的三昧真火更是几乎要了他的性命；百眼魔君掀起衣服金光万丈，照得他狼狈逃窜；蝎子精使出毒钩防不胜防，弄得他鼻青脸肿。

比完技能，再看看战绩。对黑熊精，猴子自己承认："我也硬不多，只战个手平。"对黄风怪，他又说："与老孙也战个手平。"对黄袍怪，暗喜："这妖怪倒也抵得住老孙。"对青牛精，也赞叹其"好妖精、好妖精"。战蝎子精，悟空加上八戒二打一还被人打伤。战牛魔王，悟空加上八戒和各路神仙围殴才勉强赢了。战黄眉怪，悟空加各路神仙围殴都拿不下来。战大鹏鸟，他逃跑未遂被擒。战黄狮精，兄弟三个围攻了许久还让人成功跑了。战九头元圣，师兄弟齐上阵，被打得全军覆没。其实就连一向被视为武功平平的猪八戒，孙悟空都和他从黑夜大战到天明，才胜过一筹。这些还只是单纯论武功、法术，如果妖怪们拿出法宝，孙悟空就只有找菩萨们帮忙的份了。

因此，孙悟空的神通其实远远不如他百折不挠的毅力更值得一提。真正的勇士未必有三头六臂，而是敢于慷慨面对前路的挑战。孙悟空虽然不是《西游记》里最能打的，但绝对是最耐打的，也是最勇敢的。

# 11

## 妖性未泯的孙悟空

孙悟空给人的印象总是绝对正面的，勇敢、忠诚，但客观地说，他的品性并不完美，甚至有的行为十分恶劣。且不提前面说过的大闹天宫时期，单是在西行路上，已经皈依佛门的猴子也始终没改掉自己“好杀”的本性，他先后有三次真正意义上的犯戒——全是杀戒。（以戴上金箍时开始算，因为戴金箍之前，猴子其实并没有完全被降服。此外，凡是杀妖怪一概没有算他犯戒，哪怕杀的是无辜的小妖怪）

第一次是孙悟空三打白骨精被唐僧赶走后，一路感慨着飞回故地，却看到一片破败。当年花果山四万七千妖，被二郎神杀了大半，其余另投他处一半，又一半竟然沦落到被猎户捕捉虐待。孙悟空决心为猴子们出气，吹动飞沙走石，瞬间将进山的千余猎户尽数杀死。随即自己也感慨：千日行善，善犹不足；一日行恶，恶自有余。

孙悟空随唐僧日久，多少沾染了佛性，但一朝“受伤”，便失了控制，魔性起时，千余人命在他眼中不过草芥。虽然是自卫反击，保护族类，但猎户捕猎为生，也是物竞天择的自然之理，奈何他们乘兴而出，不得归家！唐僧实在算不得一位好师父，带了孙悟空这么久，只知道身体力行，却没有把出家人的守则、道理传授给弟子，更没有循循善诱、因势利导，而且管控不力、不辨是非，才使得孙悟空有了这场泄愤般的杀孽。这笔账，应该算到唐僧头上。

如果说这一次开启杀戒是为同类报仇，尚有一定缘由，那么孙悟空的第二、三次犯戒则纯属恶念导致。第二次是在车迟国杀了两个无辜道士和一个倒霉的监斩官，这个后面会详谈，此处按下不表。第三次是在“六耳猕猴”事件前。当时唐僧被打劫的山贼捉住，孙悟空戏耍般地杀了两个贼首，唐僧这次表现得还不错，虽然训斥，却没有实质性过激行为。随后师徒误投杨姓贼人之家，虽蒙杨父救出，却还是难逃贼人追杀。唐僧特别指示猴子——吓走贼人即可，别再杀生。可孙悟空不仅把所有人全杀光，还割了杨姓贼人的头给唐僧看，直接导致唐僧忍无可忍，第二次将其逐出师门。孙悟空一肚子委屈找菩萨说理，菩萨的话足够客观——山贼毕竟与妖精不同，你本事那么大，用法术吓走他们即可，何必屠杀？

每一行都有自己的规矩，孙悟空既然已经入了佛门，理应遵守此间的规则，上上之道是劝恶为善（就像《射雕英雄传》里洪七公以大义教化裘千仞放下屠刀），就算做不到也不该简单粗暴。杀掉山贼，是惩恶扬善，但在对方实力远远伤不到自己的情况下杀之，是否该算防卫过当呢？以孙悟空的手段，完全可以对山贼“小惩大诫”，使其出于恐惧和折服彻底改过也并非不可能，且出家和尚又不是梁山好汉——江湖豪侠快意恩仇，遇到不平事信奉的是“杀便杀了”，讲的是“江湖事江湖了”，平凡人哪里需要那么多以替天行道为名的打打杀杀？

孙悟空最不该的，是杀了杨老汉的儿子。老人招待他师徒四人，十分辛苦，又背着做强盗的儿子，出于大义私放了唐僧。他唯有一子送终，就这么死于孙悟空之手，实在可怜。孙悟空对菩萨哭诉，说自己就算杀生不对，也可以将功抵过了。可是将心比心，杨家是不是也足以将功抵过了呢？孙悟空又给了别人机会吗？妖性未泯，孙悟空的修行还在路上啊！无独有偶，《三国演义》里关羽千里走单骑时也曾投宿贼人之家，也是老父善良、儿子不肖，关羽的选择却是两番训斥后，两度看其父之面将那不争气的小子放走。两相对照之下，神猴可远远比不上武圣了。

# 12

## 对师父重情重义的孙悟空

孙悟空论本事并不是最高，论品行也非完璧，虽然书上说他是个有情有义的猴子，但事实上要看对谁。孙悟空自封齐天大圣时，曾有独角鬼王带着见面礼主动投奔，大战天兵时，孙悟空令其做先锋，结果鬼王与七十二洞妖王一起被天兵擒获，悟空回山发现自己的猴子猴孙都在，只是鬼王和一些其他物种的妖精被擒，顿时就觉得无所谓了，表示："捉了去的乃是虎豹狼虫、獾獐狐貉之类，我同类者未伤一个，何须烦恼？"可见，猴子并不是多讲义气的人。而且五百年被压在山下，天界凡间相熟的"朋友"没有一个人来看过他，再热的心也凉透了。从取经途中也可看出，无论对旧朋友还是新伙伴，猴子并没有多少感情，但唯独对唐僧，猴子的忠肝义胆、真情真意，着实让人感佩。

猴子西行路上，两次被唐僧赶走，虽十分委屈，却从不曾忘了师父。三打白骨精反被冤枉，孙悟空一度伤心欲绝。此后唐僧落入黄袍怪的魔爪，猪八戒智激孙悟空出山之时，孙悟空和猪八戒说好只负责降服妖怪，随后便回山，却在面对众猴告别时道出了心声——等到取经功成之时，再回家和大家共享快乐。只不过为了面子，他并没有说自己是被赶回来的，只说是放个年假，回家看看。

细节总在不经意间。悟空随八戒一同去救师父途中，经过一片大海，猴子特意下去洗了个澡，面对八戒的费解，他的理由是："师父爱干净，我在花果山久了，身上有了妖气，怕他嫌弃。"面对有负于自己的师父，在不知前途如何、能否留下的情况下，就已经替唐僧想到这一层，可谓心细如丝，不能不让人感动。

孙悟空本领高强，又有神仙相助，取经路上虽然遇到不少对手，但说到真正意义上的"遇险"只有两次。第一次是中了红孩儿三昧真火，差点死了，全靠八戒使用现代急救常识把他救醒。当时猴子还未苏醒，张嘴吐出的第一句话居然是一声"师父啊"。这次连极少表露感情的沙僧都被他感动了，不禁道："哥啊，你生为师父，死也还在口里。"第二次是在狮驼岭上，孙悟空误入阴阳二气瓶，想尽办法还是无法脱身，竟然罕见地忍不住泪下，但他不是为自己的命运流泪，而是想着师父被撇在半山中无法前进，不知如何是好。

危难时刻、将死之际还念念不忘的，都是自己最刻骨铭心的人。悟空无父无母、无情无爱，师父虽然并不喜欢他，又愚昧糊涂，但在悟空眼中，也许从唐僧把他救出那五百年的枷锁时起，就把唐僧当成唯一重要的人了吧。生死不改、忠贞重义。谁言妖无情？悟空有真心！

说到孙悟空和唐僧的感情，我非常欣赏电视剧版的改编。虽然书中唐僧对悟空无情无义，但在六小龄童等老师演绎的电视剧里，师徒间那份感情却展现得淋漓尽致。猴子对师父自不必多说，唐僧的几个片段也让我至今难忘。一是他挑灯在昏暗的房间里给悟空缝虎皮裙时，孙悟空开心地跳来跳去，二人就像慈爱的长辈和顽皮的孩子；

二是他被白骨精欺骗，赶走猴子时明明心存不舍，却不愿违背自己的原则，忍住眼泪和心痛不回头的痛苦纠结，令人感触良多；三是他被悟空救下，由白虎变回人形，拉住猴子的那一句诚恳的“为师错怪你了”，更是我一直渴望能从书中看到，却怎么也看不到的东西。

自宋明理学昌盛至封建王朝终结的近千年里，中国人不再如先秦时热情奔放、汉唐时大开大合，而是变得羞于表达感情，愈发内敛，无论男女之间，还是父子、朋友之间，都是如此。内心的真情实感，被礼法捆绑，所以就连名著，在写到感情时也讳莫如深、惜墨如金，似乎宁可让人物形象刻板冷漠，也不愿追寻人性的真实。这确实让现在的读者很难产生代入感。当代影视作品，势必要进行再创造，在原著的基础上进行既迎合时代口味、又不至于令原作减色的合理改编，这才是真正意义上的“向经典致敬”。

# 13

## 猪八戒的女人缘

提起猪八戒，大多数人想到的第一个关键词就是“好色”。的确，猪八戒的一生和女人密切相关，和简单粗暴的大师兄、沉默寡言的沙师弟相比，他是最人性化、最贴近现实的一位。甚至有人戏称，唐僧师徒中，当代女人最想嫁的是“懂爱”的猪八戒。

猪八戒生命中出现的第一个女人是嫦娥。为了占点便宜，老猪赔上了一辈子，被打落凡间，从相貌到身份一落千丈。但这厮直到全书即将结束，嫦娥收服最后一个妖怪玉兔精之时，还不忘上去搭讪挑逗，真不愧是有始有终、无怨无悔的终极“色魔”。

来到凡间，变成“半兽人”之后，猪八戒不像沙僧混迹河中，吃人为乐，而是迅速找了个老婆。这女人叫卵二娘，不知是人是妖，但却是猪八戒真正意义上的第一个女人。两个人的感情如何不知道，只知过了不到一年，卵二娘就去世了，猪八戒继承了她的全部财产。八戒的第一场婚姻不得不说有吃软饭之嫌，颇似傍富婆的“小白脸”。不过以一副猪脸做成了“小白脸”，猪八戒靠的是什么，大可让人浮想联翩，也许是花前月下的温柔也说不定呢。

在被观音菩萨点化、安心等待取经人解救的过程中，沙僧放弃了吃人，但还是每天泡在水里思考人生。猪八戒也是本色不改，不曾忘了女人。高老庄上一晃三年，高家小姐确确实实做了他有名有实的妻子。八戒倒也的确说得过去，虽吃得多，但挣得更多，高老庄成了富裕村，他绝对功不可没。难怪在高老儿要孙悟空杀掉猪八戒之时，连猴子都看不下去了，说八戒“一不曾白吃白喝，二没有害了人命，不该赶尽杀绝”。当然，一来剧情需要，二来高家终究也是凡人，受不了人妖相恋，八戒这场感情也就到此为止了——不过长情的八戒在取经路上从来也没有忘记过他的高家小姐，总是念念不忘等师徒四人散伙后还回去夫妻团圆，就像他自始至终都忘不了嫦娥一样。对妻子刻骨铭心，对初恋也永久珍藏，八戒真是不折不扣的多情种！

取经路上的生活丰富多彩。不久，八戒又遇到了色劫，这次是四位菩萨故意化身美女。孙悟空这种猴，对女人是毫无兴趣的；唐僧自幼出家，修养极高，定力一等一；沙僧奉行现实主义，有朝一日重回天庭才是他唯一的兴趣和理想。只有八戒，面对对方的引诱，在师父、师兄、师弟纷纷推辞之时，三次欲盖弥彰地说出“从长计较”，还偷偷跑去对人家叫“娘”。虽然没忘了自己属于“停妻再娶”，倒也乐得“多多益善”，还想把三个美女全包了。可惜这次八戒空欢喜了一场，出够了洋相，这个打击到底有多大，自作多情过的人应该都懂。

本性难移的八戒的又一次女人缘是白骨精。当白骨精变成的美貌村妇假意送饭之时，他激动地发了个“猪癫风”，当孙悟空打倒妖怪时，他还怜香惜玉、十分不忿，跑去给唐僧进谗言，最终害得孙悟空被赶走——这也是猪头最招人恨的一次。

也许是屡次被女人打击，猪八戒在此之后逐渐转性，在西凉女国，他在万花丛中过，片叶不沾身，虽被女王的美貌惊得骨软筋麻、口水直流，却也在随师父离开之际义正辞言、毫不犹豫，甩着大耳朵叫：“我们和尚家和你这粉骷髅做甚夫妻？”当然这也不排除是八戒的嫉妒心理，如果女王看上的是他，那就不太好说了。随后面对同样美貌的蝎子精，他也意志坚定，追随猴子奋勇作战。大战牛魔王之时，老猪辣手摧花，毫不留情地把并没有任何实质性过错的玉面公主这等绝色杀死。打九头虫时，又是老猪，一钉耙结果了人称“花容月貌、二十分人才”的万圣公主。好个猪八戒，俨然成为了“红颜杀手”！

原以为猪八戒从此成为性冷淡的真和尚，不料在盘丝洞里，他还是恢复了本来面目，而且变成一条鱼，在水里玩弄七个裸体沐浴的美女，在人家身下钻来钻去，极尽猥琐之能事。这应该是猪八戒取经以来尺度最大的一次犯戒，可以说过足了瘾。后来他遭到了应有的惩罚，被吊在妖洞里好好折磨了一番，也让人感慨他前功尽弃。

不过盘丝洞之后，过足瘾、也受够苦的猪八戒真是大彻大悟了，后来无情杀死杏仙、比丘国狐狸精；面对老鼠精、玉兔精等美女妖怪也没有再动心。虽然偶尔还会提起高老庄，却大多是过过嘴瘾，然后一笑而过。

也许是岁月的沧桑让猪八戒看透了一切都是镜花水月；也许被唐僧碎碎念多了，洗脑成功的他对自己的形象和身份有了自知之明；也许是随着年龄日益老去，不再相信爱情和女人。虽然风流多情，但猪八戒从不是个忧郁的人，本性乐天的他很快将寄托投到了“吃”上，美食成为了他最大的享受。直到真经得手，听说自己可以做个净坛使者，受万众供奉，他乐不可支，在他开怀的笑脸里已然看不到任何女人的倩影，正是“桃花已随秋风去，大梦一场了迷局”。

# 14

## 猪八戒的武艺

《西游记》里神魔妖仙千奇百怪，武艺各有千秋，但其中状态最不稳定的当属猪八戒了。猪八戒是天神出身，却善用一把非常民间化的武器——钉耙；一肚子学问（擅长引经据典，还懂生活小窍门，书中多处可见），却又生得再草根不过；秉性风流多情，举止谈吐却粗俗至极。二师兄把处处矛盾的“双子座”个性展现得淋漓尽致，就连武艺，也是忽强忽弱，令人难以捉摸。

八戒第一次亮武艺是和木叉单挑，算是打成平手，木叉败给悟空是在六十回合左右，可见八戒的武艺没有逊悟空太多。果然，在高老庄和悟空大战时，二人从二更天打到东方发白，猪头才因体力不支落败，应该说，加入取经队伍之前的八戒充分展现了自己过人的实力。

入伙后第一战，八戒就立功了，打死了黄风怪帐下的虎先锋，算是得了个头彩。随后和沙悟净几次水中交手不分胜负——要知道，这可是孙悟空都不具备的能力，猴子的最大短板就是“水下作业”。

可是从此之后，八戒忽然就不中用了，和沙僧“二打一”都被黄袍怪完爆，黄袍怪大战孙悟空也不过五六十回合就逃走了，按照前文里木叉这个参照物，以“等量代换”原则，老猪的武艺应该和黄袍怪不相上下才合理。再有后面几次“3V3”的团战，最先掉链子的也都是八戒，其状态下滑得如此之快让人瞠目。

不过说起抢人头，猪八戒却是一把好手。《西游记》里杀死有名有姓的妖怪最多的，竟然不是孙悟空，而是他！悟空每每交手的都是大妖怪，结局往往是某神佛下来直接降服。八戒却专喜欢打野怪、小怪、女怪，杀虎先锋、狐阿七大王、玉面公主、万圣公主，乱斩杏仙等众树精、补刀比丘国狐狸王后、杀刚睡醒的南山大王，都是他的“杰作”，虽然无耻了些、猥琐了些，却都是实打实的功劳。这可比只杀死过一只野猴子（六耳猕猴部下那个假沙僧）的沙悟净强太多了。

要说八戒只会欺负女妖，倒也略显冤枉，他也有几次很拿得出手的战绩。如探路遇到银角大王，八戒在以为有孙悟空保护的情况下大发神威，几十回合下来打出了感觉，口吐黏液、嗷嗷乱叫。天宫出身、见多识广的银角大王见到那张流着口水、摇头甩耳朵的猪脸，居然也被吓到了（想想那尊容应该也是蛮恐怖的），只好丢了面子叫小妖群殴助阵。后来还是这个银角大王，只用了八九个回合就活捉了沙僧。这一战八戒彻底证明了他和沙僧的实力差距——后来每每探妖洞，悟空也是喜欢带八戒，而留下沙僧看着师父。再如大战牛魔王，猪八戒因为被老牛侵犯了“肖像权”（老牛一度变成猪八戒模样从猴子手中骗回了芭蕉扇），气得大发神威，劈头盖脸一顿砸，居然靠着一股生猛劲帮悟空把牛魔王这个一流高手都打跑了。

这就是发挥不稳定的猪八戒，体力是他的短板，激情是他的利器，武功随性格，成败看缘分。打到狠处如发了猪癫风一般，败下阵后就睡在地上大喊“罢了罢了”。可爱又可气的八戒始终是个性情中人。

# 15

## 现实男人沙僧

沙僧曾被很多《西游记》读者当作笑话，认为他一辈子就四句台词，而且万变不离其宗，无外乎求救和附议。诚然，沙僧是取经四人组里性格特点最平庸的一个，着墨最少，但仔细品读，书中的沙悟净也绝非没有“故事”的人。

其实沙僧出场时很是不凡，极尽威风之能事。先说相貌，那是恐怖之极，比起动物性鲜明的猴子和猪，他是个不折不扣的水怪，青面獠牙，日本漫画中甚至把他塑造成日本传统的恐怖人物河童，总之根本不是电视剧里那种憨厚的络腮胡子脸。谁曾想这么一个比妖怪还妖怪的存在，却是天宫大将出身呢！当年只是因为打碎一只杯子，就被贬下界，最惨的是，还要每七日受飞刀穿肋的酷刑——比起调戏嫦娥的猪八戒，他的过错小得多，惩罚却重多了。被飞刀插来插去的沙僧简直是中国版的普罗米修斯，当然可怜的沙僧没有为人类盗取火种的普罗米修斯那么伟大。他排遣痛苦的唯一方式就是吃人，不停地吃。

再论武艺，沙僧第一次出场就打平了木叉，后又和猪八戒不相上下，展现了一定的本事，一度让唐僧师徒面对流沙河无计可施，直到菩萨降临，将他托付给唐僧。可从此，沙僧的悲剧是结束了，他狂放不羁的历史也就此终结，彻底平庸化，包括武艺和个性。

但没人想得到，在黄袍怪的洞里，这个默默无闻、毫无性格特色的人物忽然高大了一把。在黄袍怪识破百花羞派人送信回国求救之时，被捆在洞中的沙僧大义凛然站了出来，替百花羞圆了谎，令人大跌眼镜地编出了一个相当有说服力的谎话——国王在宝象国到处张贴了失踪的公主画像，被见过百花羞的唐僧认出，这才引出他们自告奋勇救公主！一个木讷的人不一定是个笨人，沙僧漂亮地做了回英雄，既救了公主性命，还让自己被刮目相看，得到了松绑的待遇。

此后孙悟空来黄袍怪洞府救人，百花羞放沙僧之时，沙僧还没演够英雄，继续大叫："公主别放我，莫要连累了你。"真是感天动地有担当的好男儿。但我总觉得，沙僧是个很现实的人。他的所作所为，是基于现实的最有利考虑。试想，如果他没有替百花羞圆谎，说了实话，百花羞固然可能被杀，深受欺骗伤害的黄袍怪难道会饶了他？恐怕气头上顺手一刀把他也宰了。正是他自己的一句"与人方便，自己方便"道出了他心底深处的潜台词。

虽然不像猪八戒那样动辄散伙分行李，但原著中的沙僧也并不像电视剧中那么坚定。孙悟空唯一一次比他们几个先落入敌人手中是在狮驼岭，当时悟空故意被狮子吃下肚子，八戒以为他死定了，跑回去报信，准备散伙，沙僧一言不发跟着他真的分起行李来，气得唐僧在地上打滚痛哭。现实的沙僧当然知道，孙悟空都挂了，他们根本没有可能到西天，虽然取经后的封赏无时无刻不鼓励着他，但性命终究更重要，安全第一。后来孙悟空成功跑回来时，自然痛打假传消息的八戒，沙僧却聪明得很，默默不语地把打开的行李收拾好，装起好人。

沙僧总让人觉得很木讷，好像是个始终没表情的“面瘫脸”，但这位“老实人”也曾经激动过一次。那是在花果山上，六耳猕猴扮成的假悟空拉出自己的取经班子，告诉他自己也准备西去取经之时，沙僧愤怒了，一铲打死假沙僧，奋勇突围去找观音告状。沙僧激动的原因恐怕不仅仅是有人装扮成他，如果假孙悟空的新队伍真到西天取了经，那自己所有的愿望就彻底破灭了。

电视剧中的沙僧是个老好人，最喜欢劝架，虽然效果不佳，却勉强算是师徒四人的润滑剂。但原著中大为不同，无论是“三打白骨精”，还是“真假美猴王”这两个故事中，在唐僧念起紧箍咒时，他都没有替孙悟空说过一句好话。他的沉默不同于猪八戒的谗言，猪八戒用他自己的话，那是觉得好玩，是一种唯恐天下不乱，乐得看热闹的心态。真正把事情闹大了，不是他的初衷。沙僧却是彻头彻尾的冷漠，事不关己，高高挂起。他只尊重现实，因为现实是要保护师父取得真经，那就没什么可说的，必须无原则执行师父的指示，在师父和师兄之间，那更加毫无疑问要站在师父一边。如果说猪八戒把孙悟空当作玩伴，那沙僧则是完全将大师兄看成合作伙伴。在超出“业务范围”的私人领域，他把自己很好地封闭起来，不会、也不愿多说一句话。

不过不管怎样，坚持到底，总会有收获。沙僧终究随师父、师兄一起修成了正果，没有像唐僧、悟空那样成佛，也没有八戒和佛祖讨级别时的争辩。沙僧始终默默无闻，默默无闻为他换来了解脱，解脱后的他依旧默默无闻。

# 16

## 人间贪欲胜魔心

《西游记》里，唐僧真正意义上面对的第一关是黑风山，但是比起黑熊精这个魔王，更可怕也更危险的敌人却是观音院的老方丈。话说老方丈名唤金池长老，年二百七十岁，院中财宝数不胜数，论寿数已然有直追彭祖的趋势，论财富简直可以敌国，但这位以出家人为名，实际富甲一方的"大官人"居然还不知满足，听闻唐僧是"天朝"来客，不讲佛、不论经，直接就开始聊起中华宝物。孙悟空撺掇唐僧亮出了宝贝袈裟，立时震撼了老方丈，这老儿居然跪在唐僧这个岁数不及自己重孙的年轻人面前大哭，还叫起了爷爷，只求将袈裟骗到手据为己有。

唐僧抹不开面子，被老方丈的花言巧语加夸张表演欺骗，将袈裟借出，可歹毒的老方丈为了长期占有宝物，居然安排弟子放火，想烧死唐僧师徒，幸得孙悟空借来辟火罩，这才化险为夷，不料袈裟却被趁火打劫的黑熊精盗走，老方丈丢了袈裟又赔了房子，又气又急之下，竟然一头撞死。

黑熊精是《西游记》里最奇葩的妖怪之一，他对吃唐僧肉毫无兴趣，就喜欢收集宝物，和兄弟们一起赏玩珍品、研究学术，应该说是妖怪中最有艺术品位的一只。从他盗走袈裟到被观音收服的全过程中，他没有一点要杀人、吃人的意思。甚至观音院火起之时，他的第一反应居然是帮忙救火，后来看到袈裟珍贵非凡，也只是单纯地抓起宝物跑路，最多算是对身陷火场的众和尚见死不救，对观音院内的公共设施及财产漠不关心而已，比起谋财害命的老方丈不知道“高尚”了多少。

黑熊精趁乱拿了宝物，立刻请两个朋友一起庆祝，准备召开佛衣艺术鉴赏会，很有些“独乐乐，不如与众乐乐”的意思，虽然是个“不正当获利”的卑鄙小偷，倒也充分展现了自己“雅贼”的一面。若是按“偷书不能叫偷，只能叫窃”的理论，黑熊精似乎还真不能和寻常妖精相提并论。值得一提的是，自杀的金池长老居然也在受邀嘉宾名单之中——黑熊精虽然没帮忙救火，倒也还记得这位热爱佛学的“教友”，只不过他没想到金池长老也在打袈裟的主意，而且因为他偷走了宝物，已经气得寻了短见。

探明情况的孙悟空几番变化，虽然打死了小妖，打死了黑熊精的朋友苍狼精，但始终拿不下这头“艺术熊”，只好请菩萨出山，用计将其制服。

贪欲人妖皆有，只不过贪的尺度不同。同是见财起意者，从性质上说，黑熊精和金池长老同样是卑鄙可耻的。但从行为上看，人宁可残杀同类，妖却只是夺宝跑路，真可谓人间贪欲犹胜魔心！善恶终有报，是非自有公论。金池老方丈已是《西游记》全书有年龄记录的正常人类中最长寿的一位，犹自不足，最终落得人财两空、死于非命。“并无死罪，可以挽救”的黑熊精却最终结了佛缘，追随菩萨而去，从此成为一名体面的“公务熊”，大概也真是因果注定吧。

# 17

## 取经团队遗失的人才

取经团队一行五人（含白龙马一匹），唐僧是领队，没武功、没法力；小白龙是坐骑，发挥不了作用；其实能上阵对敌的，只有孙悟空、猪八戒、沙僧。八戒、沙僧的武功在做妖怪时很不错，但拿到“正式编制”后实在不忍直视，通常是“二打一”还落下风，要不就是“3V3”打团战。猪八戒往往第一个掉链子，沙僧只要看到八戒跪了，立马就躺。所以从小看《西游记》，总是为孙悟空可惜，有比狼还狠的对手，又有猪一样的队友（真的是猪）。后来看了几遍原著，忽然发现孙悟空本来是有机会拥有强有力助手的，可惜相关人士没有给他这个机会，这个相关人士就是观音菩萨。

话说观音菩萨的手下原本有两人，一个是没有展示过武功，只知道很貌美的龙女，是个除了帮菩萨拿水杯，只负责“美”的“女秘书”。第二个是哪吒的二哥木叉，是负责护卫的保镖。但很遗憾，这位“二哥”的武功和八戒、沙僧不相上下，我很怀疑他能起多大的保卫作用，能留在观音菩萨身边工作，恐怕更重要的原因是他的另一个身份——天庭高层人物托塔李天王的二儿子。正是“神佛本一家，服务你我他，关系换人情，相伴到天涯”。不过别人不知道，观音自己心里有数，维护关系固然重要，实力也是硬道理，深知手下“缺人”的观音菩萨一直在盘算着怎么给自己的珞珈山增添战斗力。

终于，在“大闹天宫”这一恶性事件爆发后，观音菩萨等到了机会，依照佛祖旨意开始组建取经团队，并从如来那里领到了三个“咒”，分别唤作“紧箍咒、禁箍咒、金箍咒”。佛祖明确指示，要他用这三个宝物收服厉害的妖怪给唐僧当徒弟。但观音却有意无意并未照做，先是自作主张给唐僧安排了沙僧、猪八戒、小白龙这三个凑数的“棒槌”，最后才选了孙悟空，而且一个法宝没拿出来。后来发现唐僧实在管不住猴子，才不得已送出了一个“紧箍咒”，帮和尚克住了孙悟空。

而另两个本应给唐僧找徒弟时用的咒，观音却悄悄留下，最后给自己收了两个高水平帮手——黑熊精和红孩儿。黑熊精，连孙悟空本人都承认和自己水平相当，而且爱艺术、有品位，堪称文武双全。红孩儿更不用说了，武艺虽没有猴子强，却有三昧真火这种变态技能，曾经差点要了猴子的命。观音菩萨在唐僧取经路上出马无数次，别的妖怪几乎都是靠自身魅力直接征服，唯独对猴子、黑熊、红孩儿用了“大招”，也充分反映了黑熊精和红孩儿的强悍。试想，如果当初菩萨能真的遵从如来佛祖的意思，让需要出动法宝收服的黑熊和红孩儿随悟空保唐僧西去，狮驼岭上何至于被打得一败涂地？而牛魔王、铁扇公主那边更是可以直接靠红孩儿的人情摆平，省了多少事！

然而，到了收服红孩儿之时，取经大业早已走上正轨，由于取经团队“编制”已满，黑熊精自然顺理成章，成了菩萨的保安；红孩儿和龙女配对，做了观音的“男秘书”。菩萨漂亮地完成了这次“假公济私”。

要说八戒、沙僧是犯罪之身，需要用取经的功劳抵消罪过，那黑熊精、红孩儿这种纯种妖怪，不也是罪孽深重吗？为啥不能优化配置，让猪八戒、沙僧去看门、做跟班，让黑熊精、红孩儿去取经，不是更有利于提高取经团队的办事效率吗？

我想，菩萨大概是有意要考验取经团队吧。如果说给孙悟空如此强有力的伙伴，那路上岂不太轻松，又如何体现八十一难的艰辛呢？成佛之路毕竟是一条充满荆棘的险途啊。况且，黑熊精凛凛一躯，有如山神一般，红孩儿俊俏可爱，是时下最流行的“小鲜肉”，和同样高颜值的龙女也更搭配一些，要是放一头猪、一只水怪在紫竹林伴随菩萨，也确实太不和谐了。

所以，委屈你了，悟空。

# 18

## 不上进的黄风怪

《西游记》群妖之中，本事参差不齐，高手之间也分为武艺高、法宝强、法术厉害这几类。其中黄风怪绝对算是个人才，可以说兼武艺高、法术厉害于一身。他也是第一个真正难住悟空师兄弟的妖怪（黑熊精虽然厉害，但悟空当时只有孤身一人，且没做多大努力就去找了观音菩萨帮忙，很快解决了战斗）。但就是这么一个高手，却是个没追求、不上进的摆设。

与大多数大魔头妖怪不同，黄风怪起初根本没有捉唐僧的念头（这点倒是和黑熊精一样，可能这时候唐僧刚上路，关于他的“食用功效”还没有流传开），捉唐僧完全是其部下虎先锋的个人行为。若是换作别人，手下立下如此大功，高兴还来不及，黄风怪的反应却令人十分泄气。他先是吃了一惊，随后就开始犹豫，只是安排将唐僧先捆起来，说是等唐僧的两个徒弟不来打扰才吃——这分明是留后路的想法，也不知道他怕什么！

果然，不多时孙悟空就打到洞口，黄风怪尚未交锋就埋怨起虎先锋：“随便捉些动物吃就好，干什么拿这个和尚，现在如何是好！”

虎先锋倒是自信满满，出洞大战猴子，怎奈这只老虎精是个智力型的角色，前面用分身计把猴子和猪耍得团团转，真论起武功可差得远，很快就不敌猴子败走，被猪八戒补刀打死。他虽然能力较差，毕竟勇气可嘉，比起黄风怪这个主子，可爷们儿得多了。

直到这时，黄风怪才磨磨唧唧出来迎敌，理由是句大实话："我还没吃你师父，你倒先打死我的先锋！实在是欺人太甚。"简直是一副受气小媳妇的样子，好不委屈。真到交手，黄风怪才显出本事，拼武艺，和孙悟空打成了平手；论法术，他的三昧神风完爆了空有一身硬功夫的猴子，给了孙悟空飞出五指山以来的首败，当然后面猴子会慢慢习惯的。

奇怪的是，得胜的黄风怪好像还是对吃唐僧没什么动力，一回洞府就自己念叨："只怕昨日那阵风不曾刮死孙行者。"对自己的神功没把握也就算了，居然还和小妖们自报家门，大肆宣扬自己的克星是灵吉菩萨，除非他来，否则谁也不怕！你说你打都打赢了，又分析出了孙悟空水平不如自己，肯定得去搬救兵，还碎碎念什么灵吉菩萨呢？就算你对手下的忠诚度充分信任，也没必要把致命弱点当众公布吧？结果，变成虫子混进洞府的猴子听了个一清二楚，不费吹灰之力请来黄风怪的克星，降服了这只黄鼠精。西行路上不知多少妖怪是"有主的"，孙悟空也曾无数次变成各种昆虫类动物混进过洞府捕捉消息，但从头到尾，黄风怪是唯一一个自己暴露弱点的。

我们只能推测，大概这只偷油吃的黄毛老鼠本就没有什么上进心，只是为了逃避偷油的责任才混迹凡间，既没有狮驼岭三妖吃遍一国子民的"豪迈"，也没有白骨精变着法不要命也要吃唐僧肉的执着，也许做个平凡的山大王已经足以让他开心了，和后面出现的那只本事低微却自以为是的鼍龙精正好相反，对黄风怪而言，吃唐僧？还是多一事不如少一事吧！

其实古往今来，这种有小富即安心理的人很多，从汉时蜀地的公孙述，到近代山西的阎锡山，论能力也不差，但真没有什么野心大志，觉得能偏安一隅做个土皇帝，守好自己的一亩三分地就很不错了。可是赵匡胤曾说过一句实话：“卧榻之侧，岂容他人鼾睡？”黄风怪啸聚山林，最后落得被擒回天庭的下场，看起来是虎先锋捉住唐僧这个偶然事件引发的，纯属意外，似乎他不捉唐僧就没事了，其实冥冥中早有注定。做了老大，你不上进，自有上进人；你不找事，自有事找你。入了江湖，就得明白“出来混，迟早都要还”。天庭岂会纵容这只逃走的黄毛耗子在民间吃喝玩乐、作威作福？只是借着考验取经人顺便收拾了他罢了。

# 19

## 人参果事件

在遥远的西牛贺州，有一位道家泰斗级人物——镇元大仙，家里有棵举世无双的神树，树上每9000年出产30个人参果，其珍贵可知。镇元大仙手下都是得道高人，最小的两个名字极俗，一是清风，二是明月，不过就算这最不起眼的俩人，也都是一千多岁的仙人了。镇元大仙是个很讲义气的人，因唐僧前世做金蝉子时给他倒过一杯水，就感念了足足几百年！听说金蝉子转世后成了取经僧人唐玄奘，西去取经要路过自己的场子，虽然刚接到元始天尊邀请，要去“听讲座”，还不忘嘱咐清风、明月好好招待唐长老，送俩果子给他。

本身是场缘分，却出现了意外。先是唐僧认定这人形水果是小孩，不肯吃，之后孙悟空私自打了四个果子，一粒落地后被大地吸收，剩下三个，哥儿仨分而食之。被这两个千岁“小童”察觉后，双方就偷吃果子的个数发生激烈冲突，最终孙悟空大怒，直接连根拔了人参树，带着师父逃走。散会回家的镇元大仙自然不会罢休，施展功夫将众人全体活捉。虽然孙悟空想办法二度逃走，却因实力悬殊又被擒获，最后猴子向镇元大仙做了保证，找到观音菩萨救活了神树，皆大欢喜，事情终于了结。

这个故事虽是个喜剧结局，但过程却值得思考。镇元大仙一片好心，送果子报滴水旧情在前，擒仇敌不加凌辱在后，就算见了树倒，也泰然应对，不失大家风范，这实在不是一般人能有的素质。就拿唐僧对比吧，在与黑熊精一战中丢了袈裟，就六神无主、七窍生烟，只会埋怨徒弟，全无半点主意，比起镇元大仙差了不知多少等级。任何成熟、理智的人都应该有一种良好的处世态度，广结善缘，滴水之恩涌泉相报，同时面对困难、意外、冲突，也能克制冷静、从容应对。镇元大仙这个榜样是吴承恩在几百年前树立的，到了今天，这榜样显得更有针对性了。在社会转型越来越快的阶段，高强度、快节奏的生活压力下，浮躁、自私、冷漠、狭隘已经不知不觉控制了很多人的心灵，每个人都有自己的“人参树”，都有珍视的东西，但有几人乐于分享？更有几人能冷静面对他人对自己哪怕一点点的利益侵犯呢？

人参果事件的过错方毫无疑问是孙悟空——偷果子在前，毁树在后，这个阶段的孙悟空踏上取经路不久，还保留了些无法无天的本性。而清风、明月虽有千年之龄，涵养却不过常人，在缺乏取证的前提下，就大加辱骂，既有失身份，又不能令人信服。

孙悟空经历三岛，才侥幸救回神树，倘若观音菩萨也救不回树，后果如何收拾，恐怕他连想都没想过。经此一事，就连狂妄的猴子以后也不再动辄不可一世了。天地太大，犯了错去改是应有的态度，切莫到错得不可收拾了才想改，因为并不是每件事都能挽救得了的。人参树复生是喜剧，可人间许多因一时冲动、一时任性犯下的错，却是彻头彻尾、无药可救的悲剧。

如今有很多人的戾气不断上升，因怒、怨、恨导致的惨剧层出不穷，远离“垃圾人”的呼声越来越多；“路怒症”更是作为一种新型心理现象被很多社会人士关注……如何避免被坏情绪“带走”，如何将正能量更好地挥洒人间，离不开我们每个人的觉悟和反省。是故，幼年看孙悟空大闹五庄观，只看到了他的率性潇洒、本事高强。成年再看，却看到一口警钟，看出一身冷汗。

# 20

## 三打白骨精的背后

西行路上妖怪种类繁多，其中白骨精无疑是知名度最广的一个。白骨精是一位标准的智力型妖怪，也许深知自己功夫不行（连八戒、沙僧的那点所谓的“威风”都能震慑住她），她采取的思路是诱惑为上，以智取胜。

白骨精秉承妖界传统，靠使用变化术引人上钩，第一次变成了美貌少女，把猪八戒迷了个神魂颠倒；唐僧倒是原则性强，看她言语略显轻佻，忍着饿不肯吃斋饭；沙和尚照例毫无存在感；还是孙悟空火眼金睛，一棒打去，白骨精闪避功夫不错，抛下假尸首，真身逃遁。

唐僧肉眼凡胎，不辨真假也就不说了，一直状态不稳定的猪八戒这次表现得极为糟糕，摆明了和猴子过不去，花言巧语哄得唐僧认定孙悟空是乱杀无辜，师徒之间种下嫌隙。

白骨精何等聪明？第二次、第三次如法炮制，唐僧被糊弄得像傻子一样。第三回使用变化术，若不是悟空留心让山神、土地和暗中保护唐僧的诸神们做好“空中管制”，白骨精几乎又要脱身飞走。最终猴子虽打死了妖怪，妖怪却在猪八戒这个笨蛋的配合下，彻底离间了他和唐僧。

“三打白骨精”的故事是《西游记》中最经典、流传最广的一段，集中反映了唐僧的愚昧糊涂、悟空的英明正直、八戒的好色愚蠢、沙僧的毫无作为（原著写明，这个家伙在整个“三打”的过程中并未发过一言，完全不曾像电视剧里那样苦心劝唐僧“饶了大师兄吧”）。

老人们总喜欢拿“三打白骨精”告诫孩子，要分清善恶，不要被假象蒙蔽了双眼。其实别说孩子，有多少才智过人的英雄尚且看不清、看不明呢！自毁长城的昏君何其多，“反间计”更是早早成为中国传统兵法的经典妙招。天地之大，在芸芸众生的交集中，每个人身边都会有悟空、八戒、白骨精，当然更多的是漠不关心、冷眼看笑话的沙僧，但做不做唐僧，却在于自己。因为再亲近的人，只能为你提供机会、建议和其他物质精神帮助，做判断的始终只有自己。

说起判断，常有人笑话《三国演义》中“官渡之战”时的袁绍，所有忠臣智士的话，一概不听；所有小人、庸臣的话，照单全收，结果成功做到了在50%的几率面前，每一次的选择都是错的，简直蠢笨如猪。可抛去那是小说不谈，现实生活中，有时候一根筋搭错了，一条路走偏了，就是会像多米诺骨牌一样，一错再错。拥有出色的判断力并非易事，要靠一点一滴积累。冷静的大脑、细致的观察、严谨的推理，都是人做出判断和选择的根本，切莫寒了良师益友之心，称了奸猾小人之意，中了伪装高手之计。

其实，在“三打白骨精”中表现极为差劲的八戒也未必是真坏，毕竟结合他前后的表现，这个人的品质还是基本合格的。八戒之所以“失常”，一来是出于对悟空的嫉妒，想证明自己未必比猴子差那么多，猴子也不一定每次都是对的；二来大概是对悟空长期以来狂妄自大的不满——故意借机整蛊他。

因此，孙悟空虽然是整个事件最冤枉的人、最大的受害者，但他的为人处世、工作方式也的确值得反省。喜欢个人英雄主义的猴子如果能团结好两个师弟，又何至于此呢？若是团结到位，难道见惯“大场面”的八戒真的会为了一个初次见面的“七分柴火妞儿”，就和他较劲到底吗？与其叫山神、土地们协助擒妖，何不因势利导，让八戒、沙僧助阵呢？试想，如果猴子用毛茸茸的小手拍着八戒的大耳朵，说上一句：“八戒，发挥作用的时候到了，我一会儿缠住妖精，你飞到空中盯紧她的真身，一旦她真身脱体而出，你就一钉耙打死，这回的头功就是你的！”恐怕同样爱出风头的八戒，一定是乐于效劳的吧！唐僧不是个好领导已经不用再赘述，但过于强调单打独斗，不善于团结队伍、带动队伍积极性，不愿意相信战友、讲求团队配合的猴子，也算不得是一位合格的带队人。猴子的忠心和才干，其实八戒、沙僧有目共睹，但有时候，人们只是需要一句好话、一个肯定而已，所以永远不要吝惜对别人的鼓励。

遗憾的是，猴子到最后也没有明白这个道理，所以直到狮驼岭之战，还要对两个师弟感慨：“妖精弟兄三个这般义气，我弟兄也三个，就没些义气。”在八戒被激将成功、大战妖精时，却反过来捉弄他，害他被擒。连唐僧都忍不住说：“你兄弟全无相亲相爱之意，专怀相嫉相妒之心！”我们只能不无惋惜地说，取经团队虽然成功了，但始终是一个松散而缺乏交流的组织，八戒、沙僧在整个取经路上发挥的作用如此不值一提，既是唐僧的失败，也是猴子的失败。

# 21

## 情深义重的黄袍怪和泯灭人性的百花羞

《西游记》里，神、仙、人、妖形形色色，着力描写的夫妻档却不多。其中最有名的是牛魔王和铁扇公主，但最让人感慨的却是黄袍怪和百花羞。

百花羞本是宝象国三公主，被黄袍怪抢走做了十三年夫妻，生下两个孩子。被抢之时，她可以有很多选择，如果以死明志，坚决不从，可以被视为“宁为玉碎、不为瓦全”的刚烈女子。如果顺应命运，选择接受，也算是一位坦然面对人生的平凡女人（毕竟双方实力太过悬殊，反抗只能是白搭上一条命）。偏偏她既没有拼死挣扎的勇气，又没有认命随缘的心态，一边和黄袍怪快活地生着孩子，一边算计着找机会逃走。直到遇到被黄袍怪捉住、捆在洞里的唐僧，百花羞意识到机会来了，立刻托其为自己带家书回国求救，随后找到黄袍怪，以曾经许愿斋僧为由，请他放了唐僧。这是唐僧全书中唯一一次没有经徒弟搭救，被妖怪方主动释放的经历。

按说百花羞托书唐僧，是一种身陷魔窟寻求自救的方法，算得上有勇有谋、当机立断，本不该多说什么，可她与黄袍怪对待彼此完全不同的态度，实在让人唏嘘。黄袍怪明知道唐僧的身份背景，妖怪界盛传“吃了唐僧肉，可以长生不老”，他想必早有耳闻，可只为了百花羞一句谎话、一片虚情，就立刻同意把唐僧放了，还大方地说：“要吃人哪里找不到，这个把和尚有什么要紧！”为了妻子的欺骗，毅然放弃了长生不老的机会，黄袍怪确是强抢了百花羞，待她却不失一片真心。直到后来猪八戒、沙僧不知天高地厚，奉了宝象国国王之命回来捉妖，黄袍怪才怀疑是妻子在算计自己，气得大骂，动了杀心。最后，已经做了俘虏的沙僧难得表现一次，替百花羞圆了谎，黄袍怪又立刻赔罪认错、真诚道歉（脑筋单纯得可怜，可见主观上根本不想相信妻子在骗自己）。百花羞一颗心本来都提到嗓子眼了，侥幸依靠他人的帮忙和丈夫的信任蒙混过关，却不知道羞也不羞。

如果说这桩婚姻是黄袍怪强行为之，百花羞心中始终没有这个妖怪丈夫，也还罢了，但再混账的人，也明白一个道理，不幸婚姻中的孩子是最无辜的。虎毒尚且不食子，这个女人最狠的一幕出现在孙悟空指使猪八戒、沙僧杀她和黄袍怪的两个孩子之时。一开始，百花羞看到八戒、沙僧把两个孩子抢走，还大声吆喝，做出想救孩子的样子，等到孙悟空用封建礼教斥责她，并暗示她回国可以再嫁之时，百花羞的心里顿时起了变化。孩子是和妖怪生的逆种，带着这么两个半人妖，如何回国再当她的公主，如何再嫁到好人家？顷刻间，夫妻之义、养育之情，百花羞全然忘却，毫不犹豫选择了利益，立刻和猴子盘算起如何杀掉黄袍怪。连孙悟空都信不过她，问她会不会不舍得自己变作她的模样，用计杀了黄袍怪。她却急忙表示对黄袍怪毫无感情，一起生活十三年实在是不得已，几乎求着孙悟空尽快干掉丈夫，把自己送回国。最终，百花羞如愿了，她重回祖国，接着过上了荣华富贵的生活，可怜两个懵懂的孩子，也许一直到死都在哭着找爸爸妈妈，却已经被自己的亲娘出卖，被猴子、猪、水怪活活摔死在宝象国的金銮殿上。就算你再嫌弃他们，这两条无辜的小生命也罪不至死吧！这样的人，我认为已经没有资格称之为人，比起妖怪，她更可怕。真不知这泯灭人性的物体以后每每笑着踩上那被她亲生骨肉的鲜血染红的地毯时，晚上会不会做恶梦。

孙悟空救走公主后，立刻采取了最擅长的变化之法，变成百花羞的样子，对着急匆匆赶来的黄袍怪假哭孩子。可怜的黄袍怪还蒙在鼓里，身为父亲，丧子之痛不言而喻，这个痴心的妖怪却选择了先关心妻子，还将心比心，生怕妻子为了孩子伤心过度，犯了心口痛的老毛病，拿出了他仅有的宝贝舍利丹给妻子治疗。接过丹药时，连见多识广的孙悟空都暗暗感叹："这东西不知道费了多少功夫！"

后面的事对黄袍怪来说实在太残忍了。一场辛苦、一片真心却不过是一场春梦，当猴子吃下舍利丹、显出真面目时，黄袍怪彻底崩溃了，原来一切都是假的，都是自己的一厢情愿！内心彻底坍塌的他麻木地挥舞着钢刀，已不知道是发泄还是控诉，这样的状态如何是孙悟空的对手？但命不该绝的黄袍怪终究在金箍棒下侥幸逃脱，也许是看透了人间无情，他选择了重回仙班。

天宫之上，已经恢复奎木狼面目的黄袍怪道出了背后的故事，原来百花羞曾是天上玉女，是她先动了色心，欲与奎木狼私通，奎木狼被这个"清纯深情"的女孩感动了，为保证天宫清誉，让玉女先下界等自己，随后不负约定，放弃仙班之位下凡，才有了后面一场故事。可惜天上情意，到人间竟成了一场欺骗。那纯情动人的玉女已经是把过去遗忘得一干二净的百花羞公主，而黄袍怪虽然没有忘记，却也只能接受变成妖怪的现实。十三年夫妻，黄袍怪做到了能做的一切，他对得起当初花前月下的承诺，可惜他错了，其实下凡的那一刻起，这段情就已经结束了，他们都不再是以前的自己。若是放在现在，想出这么虐心的桥段，编剧估计早就被善良的影迷寄刀片了。

天上一天，人间一年。曾经的爱侣终究选择了不同的空间，再也不会有任何交集，只不知回到天上的奎木狼，能不能真的把这一场也许不该有的爱情放下。更不知百花羞在人间随后的日子里，会不会有一天灵犀一动，让前尘往事重回脑海，回想起那个不负深情的黄袍郎君，和曾经天上的那些约定。

# 22

## 金角、银角的凡心

《西游记》里有不少妖怪组合，其中金角、银角大王是一对比较另类的存在，这两位大王既不是动物修炼成精，也不是魔鬼一族，而是仙童下凡，从出身来说，除了位列星君的黄袍怪，西行众妖几乎没有能和他们相比的。

两位“高富帅”仙童放着好日子不过，偏偏“自甘堕落”想要做妖怪，放着太上老君这么“高大上”的主子不要，偏要在凡间认只野生狐狸精作干妈。在没有任何证据证明这二人智商有问题的前提下，我们只能认为，金角、银角大王的下凡，充分说明了“天宫”这个多少人幻想中的世界也许并不是那么美丽。有人说，企业走下坡路的第一个信号，是对那些合格、能干而有志向的人才失去了吸引力。按照这个颇有一定道理的思路，天宫这家外表很光鲜诱人的“企业”，看来也是毫无意外地走上了下坡路。

的确，看看人云亦云、昏庸无能的玉帝，指手画脚、毫无能耐的托塔天王，除了个子大、全无半点本事的巨灵神，还有只会招安、息事宁人的太白金星，这样的一群人极其稳定地占据着管理层，哪里还会有其他人的出头之日？天宫没有退休一说，各位神仙又都是长生不老之身，金角、银角大王空有一身武艺（不知道什么时候修炼的，恐怕也从没有过展现的机会），如果不下凡，大概再给老君守几千年炉子，也只不过是两个岁数大点的仙童罢了。

于是，看透了虚假繁荣的金角、银角大王离开了。多了的，是施展才华的空间，享受人生的机会；少了的，只不过是个让圈外人觉得光鲜体面的“面子”。于是二人走得了无牵挂，还顺走了太上老君的五样宝贝（这是二人不能回避的污点，靠本事打天下是光荣，靠侵吞他人资产创业就太不光彩了），太上老君和文殊菩萨一样，是《西游记》里最能丢东西的人物，文殊两次丢了坐骑青毛狮子，这个后面再说；太上老君是从童子到坐骑，再到各种宝物，能丢的丢了个遍。

下凡的二位童子轻松成为了二位大王，有了数百小妖，在权力上得到了满足感——从最基层到最高层，有时候只是换个思路就能实现的事。有了干妈九尾狐，在感情上有了港湾——从二人得了唐僧，还念念不忘请九尾狐一起享用就可看出，比起太上老君这位纯粹的“主子”，这位干妈虽只是狐妖，却和二人感情上深厚得多。放弃铁饭碗，改行自主创业的金角、银角过上了有意思又有意义的生活，直到唐僧的出现。

“吃唐僧肉可以长生不老”是每个妖怪的启蒙知识，在金角、银角大王的年代里，已经没有人会像孙悟空当年跋山涉水求仙人传不老之术了，那样做太慢、太累，这年头都讲究快节奏、速成。于是，俩人抱定决心好好干一票，走捷径吃唐僧。银角足智多谋，先后擒了八戒、唐僧、沙僧，还一度用移山之法困住了孙悟空。当孙悟空好不容易找到山神、土地，了解银角背景之时，无法无天的猴子吃了一惊：

“老孙称齐天大圣之时，都不曾把山神、土地欺心使唤，这妖魔怎敢把山神、土地唤为奴仆，替他轮流当值，天啊，既生老孙，怎么又生此辈！”能让猴子都大呼“既生瑜，何生亮”，银角玩得可真够大的！

被山神、土地解救的猴子和两位大王斗智斗勇，先后骗到了葫芦、玉净瓶、捆仙绳，打死了两位大王的干妈，还用容器装走了银角大王。金角大王才干不及兄弟，被孙悟空吊打，像狗一样四处逃命，一洞小妖被杀光，连前来报仇的狐狸精众家眷都被打死，金角大王在走投无路之下，也被悟空装入瓶子。

两位仙童到底是练过真功夫，虽然被具有速溶功效的法宝擒住，却奇迹般活了下来。特别是银角大王，在“一时三刻就能把人化为浓汤”的葫芦里坚持了很长时间都没有丢了性命（从金角大王初战悟空数十回合到狐狸精援军全数被灭，少说也有一两天），硬是撑到了主人来救。故事最后，金角、银角大王像两个离家出走的任性孩子一样，乖乖跟着太上老君回天宫去了。

金角、银角大王还是幸福的。比起那些没有背景的野妖怪，他们不仅保全了性命，还保全了安身立命的机会。但金角、银角大王又是不幸的，在生存和快乐面前，他们只能委曲求全，毫无办法、毫无尊严地选择前者。和大多数人一样，活下来才是最基础的需求，等待他们的是依旧毫无生气的天宫生活，被“记了过”的两位童子，更不可能离开那无聊的炼丹炉，只是当生存都不能保证之时，一切雄心壮志都成了泡影。金角、银角大王的悲哀背后，是无数同样挣扎的影子。

太上老君走时，被折腾惨了的孙悟空指责他监管不力，老头很聪明地把责任推给了猴子惹不起的观音，说是观音故意让二人下凡成魔，考验唐僧取经意志的，猴子没有选择，只好相信。

不管你信不信，反正我不信。

# 23

## 失忆的青毛狮子

《西游记》作为一部经典，很关键的一点就在于作者超凡的想象力，沿途打怪数十，很少有重复。但智者千虑，必有一失，何况古代写作条件有限，不能存盘复制，难保前后不一致，吴承恩也偶尔健忘了一把，留下了一个大失误。那就是，文殊菩萨的坐骑青毛狮子下凡了两次！如果说菩萨日理万机，难保有一两次失误，可作为主人公的青毛狮子居然在第二次下凡时，对上一次下凡的事情毫无印象，如同失忆一般，而且性格大变。

话说青毛狮子第一次下凡很有追求，虽然他在上界已经惨遭阉割，但身残志坚，决定在人间做一位帝王。他先是利用呼风唤雨的本事折服了乌鸡国国王，又在和国王赏花之时将其推进井里，变成国王的模样，轻松地实现了自己的理想。试想以阉割之体，自然无法享受后宫佳丽，我们只能认为，这只狮子是一位有着明确政治理想的“精算狮”，他是摆明了想好好治理国家的。要知道孙悟空就没这理想，真的乌鸡国国王得救后，曾想让位子给他，老孙却表示当帝王太操心，实在没意思，政治野心比狮子差远了。可惜青毛狮子的好景不长，被孙悟空一行破坏，文殊菩萨及时下界，将其收走。

第二次，青毛狮子采取了组团下凡的方式，叫上了小伙伴儿大白象，还把与如来佛祖有千丝万缕联系的大鹏鸟也带上了，哥仨儿一起占据了狮驼岭。背后的主人分别是佛祖加两位顶级菩萨，狮驼岭三妖的背景在西行路上堪称空前绝后的强大。不过这一回青毛狮子比上次怂多了，简单粗暴地吃掉了狮驼国所有公民，也不治理国家，而是将狮驼城废置，一门心思窝在山里当大王。这位二次下山的狮子大王武艺不怎么样，胆子小得很，要不是大鹏鸟多次激励，早就乖乖躲到墙角去了，根本不敢和孙悟空叫板。最后的结局也很平庸，在被孙悟空一顿收拾后，文殊菩萨现身，又把他收走了。

其实这里实在不是批评吴承恩，老吴这本书已经是神作了，我等只有跪着看的份。而且相比《西游记》来说，同为名著的《三国演义》其实错误更多，地理位置被搞得乱七八糟不说，在人物年龄上，更是硬伤不断。比如191年左右出场的赵云被言明是“少年”，到诸葛亮初次北伐之时，也就过去了30多年，最多50来岁的赵云就已经被称为“年登70”了。而184年自称28岁的刘备，223年去世时被记载为63岁，也莫名其妙被作者吃掉了四五岁。不过，这些小问题瑕不掩瑜，有时偶尔的瑕疵反倒给了我们更多的乐子，鸡蛋里挑挑骨头，不也是件有意思的事情吗？

# 24

## 难缠的红孩儿

小时候，说起《西游记》，人们总是强调孙悟空怎么怎么聪明，如何如何有智慧，但翻过几次原著后，我发现西行群妖的故事告诉我们一个很古老的道理——别以为自己了不起，论智商，永远是强中更有强中手。至于孙悟空，虽然不乏靠头脑解决问题的光彩，但也时常有被低等小妖骗得团团转的糗事。西行路上众多智力型妖怪的存在，大大丰富了唐僧师徒探险的乐趣，也提高了取经的“游戏”难度。

说起智力型的妖怪，个人认为最突出的当属红孩儿。作为最想吃唐僧肉的妖怪之一，红孩儿和少数有头脑的妖怪一样，不打算硬拼，想通过更有技术含量的方式智取，以减少打斗中造成的不必要损失。红孩儿看准了唐僧心软的特点，变成小孩（噢，也许不用变，本色演出就可以了）诱惑唐僧上钩。唐僧是个脱离了低级趣味的人，看见美女能够把持，但看到小孩、老人受罪就忍受不了，于是不顾猴子反对救下红孩儿，还让孙悟空背着他。前不久刚刚经过银角大王变老道事件的猴子长了记性，这次不等别人移山镇自己，果断出手，趁他那心理素质极差的师父不注意，抢先一步把红孩儿摔成了肉饼。猴子是个充满戾气的人物，怒火起处还觉得不过瘾，把肉饼捡起来又肢解了，如果完全根据原著描写画成漫画，那场面一定极其血腥。不过红孩儿也不傻，早看出猴子不怀好意，不等他摔，真身早就飞走了，顺手就活捉了唐僧，孙悟空泄愤的对象只是个假体罢了。第一回合结束，孙悟空虽然靠超凡的眼力认出了红孩儿是妖怪，却无可奈何让他捉走了师父，猴子完败。

孙悟空兄弟三个丢了师父已经不是一次两次了，立刻采取应急处置，先摸底，再打上门去。结果这第二回合更简单，猴子遇到了红孩儿钻研五百年炼成的三昧真火，再度完败。五百年，猴子在五指山下原地踏步、辛苦度日的年华里，却是不知多少妖怪勤奋补课、努力提高的好时机，此消彼长，孙悟空就耽误了这五百年。

第三回合，孙悟空采纳了沙僧以水克火的直线思维，请来四海龙王降雨，结果三昧真火不同于凡火，水浇不灭！孙悟空不仅没成功，还险些丢了命，最后被掌握不少生活小窍门的猪八戒用现代急救知识救活——这是孙悟空取经路上离丧命最近的一次，足见红孩儿之强。

第四回合，比武不成的悟空师兄弟又开始和妖怪斗智。猪八戒去向观音求救，心思细腻的红孩儿一直暗中盯着这几个家伙，成功猜到了八戒的目的和去向，变成观音模样，把猪八戒骗进洞中活捉。

四连败的孙悟空忍着重伤初愈，见样学样，也施法变化，变作红孩儿的老爹牛魔王的模样，想骗红孩儿交出唐僧。不料红孩儿人虽小，反应却快，脑筋极为灵活，三句两句就套出了孙悟空的真相，识破了他并非父亲，猴子又一次无功而返。孙悟空是个很虚荣的家伙，只是占了些口头便宜，让人叫了声爹就得意洋洋，自我感觉这次扳回一城。结果连沙僧都觉得无聊，摇着脑袋泼冷水道：“图这般小便宜，恐师父性命难保。”

第六次，猴子总算请来了观音菩萨，不必说，任红孩儿神通再大，也不是菩萨的对手，终于被降服。不过难缠的红孩儿真不是好对付的，第一次被莲花宝座困住时，还在动脑子耍聪明，诈称投降，却趁菩萨不备突施冷箭，菩萨被迫使出降服孙悟空的同类法宝，才将其制住。不过敢于向菩萨动枪，被擒后还琢磨着伺机下杀手的妖怪，从始至终，也就只有红孩儿一个。

论武艺，红孩儿在西行群妖中只能算是中等水平，但凭借着过人的才智和超凡的法术，连续五次击败孙悟空兄弟，足以被称为猴子最棘手的对手之一。心狠手辣的红孩儿就像个没受过良好培养的古惑仔，虽然有着超凡的天赋，可惜走的是歪道，虽然一时得志，但无法无天惯了，终究要付出代价。当他一意孤行，敢对菩萨动手之时，就注定走上了当年猴子的老路，也注定把猴子吃的亏又吃了一遍。五百年前老爹牛魔王都没敢做过的事，红孩儿倒是一点不含糊。说起性格，他还真不像自己的父亲，反而像孙悟空这个挂名七叔。红孩儿的故事呼应了大闹天宫时的孙悟空，却好似一场轮回，让人感慨。昔日何等嚣张的猴子，已经化身成了护佛使者，红孩儿被降服后，也成了老实讨喜的善财童子，而一代代好勇斗狠的妖王终究要前仆后继，用自己的头破血流来向现实低头，再过五百年后，又会出现几个新孙悟空，几个新红孩儿呢？

# 25

## 《西游记》中的龙

龙在中国人心目中是神圣的象征，上能吞云吐雾，下能翻江倒海。与西方世界龙的形象不同，中国龙虽也有邪恶、凶狠的一面，但更多代表的是尊贵、权威、吉祥、宏大。《西游记》中的奇珍异兽层出不穷，自然也少不了各式各样的龙。

龙的世界和人类似，以龙王为最高统治者的龙族掌管着大到海洋、小到水井的水底世界。按照各自海域划分的不同，分别负责自己的片区。其实龙王的形象远不止出现于《西游记》，在各种民间传统故事中都是很常见的存在，他们善恶不定、亦正亦邪，其主要工作是降雨，和风伯雨师的职责有交叉，级别在神仙这个体系中属于中低端。

《西游记》里戏份最多的龙要数东海龙王敖广。这位龙王论地位应该是当之无愧的龙族之首，论倒霉也是首当其冲——遇到了蛮横无理的“恶邻”孙悟空。猴子刚学成本事，就以借宝为名，行强取豪夺之实，拿走了敖广的定海神针，还顺便将西、南、北海龙王的盔、甲、靴一锅端，轻松凑齐了一套神级装备。整个“借宝”过程中，除了南海龙王表示了强烈不满外，其他几位都是一副唯唯诺诺的样了，只采取了告上天庭这种消极防御的办法。玉帝显然没把这几条小水族动物当回事，完全没给他们做主，息事宁人在前，武力镇压在后，总之没再提抢宝物这事，几条龙也就只好忍了。至于后来孙悟空越闹越大，从抢劫罪上升到了谋反罪，那就已经不再是和龙王们的矛盾了。后来孙悟空被镇压五百年，刑满释放跟了唐僧，却受不了他的管理方式，一气之下扔掉师父，连花果山都没回，便跑到了东海。敖广不愧是龙老大，充分表现了自己有涵养、有智慧的一面。他不念旧恶，殷勤接待，还用张良给神秘老头捡鞋子的故事教育猴子，情真意切地告诉他如果不保护唐僧，归根到底是个妖怪，难成正果，最终成功把这个不安定因素送出了东海，送回唐僧身边，也算做了一件美事，积了一份功德。

家庭成员登场最多的是西海龙王敖闰。这位龙王是个典型的封建大家长，小白龙是他亲儿子，当年纵火烧坏了一颗珍珠，他直接大义灭亲，以忤逆罪把儿子告上天庭。要不是观音点化，小白龙几乎要被斩首，不知道该说敖闰觉悟高还是没人性。小白龙自从成为唐僧坐骑后，兢兢业业，劳苦功高，甚至在孙悟空被赶走、唐僧被妖精变成老虎时还假扮宫女刺杀敌人，虽功亏一篑却着实值得肯定。此后劝服几乎准备散伙的八戒找悟空回来营救师父的也是他，可以说在取经团队几乎解散的危急时刻力挽狂澜。也许正是这些出色的表现感动了《西游记》剧组，电视剧中特意把他塑造成一个英俊勇敢的白衣少年，还凭空多加了小白龙大战九头虫这场戏，既虚构了他因情场失意误烧珠子的情节，还让他大展了一次威风，这些都是原著中没有的。

西海龙王对亲儿子狠，对亲戚却很是关照。他的妹夫泾河龙王是一名“基层龙王”，因为和算命先生叫板，耽误了降雨工作，触犯了天条，被人族的魏征在梦里莫名其妙杀了（窃以为这是《西游记》里最扯淡的一段），西海龙王可怜妹妹，收留了她和九个外甥。其中的老九鼍龙（其实是扬子鳄，古人以其为龙）很不安分，抢了黑水河的地头，作威作福，招致黑水河神和当地群众的不满。西海龙王不问青红皂白，充当保护伞替他摆平。可怜的黑水河神叫天不应，叫地无门——强权之下，个人总是太渺小。抢地盘也就罢了，这条鳄鱼居然越玩越大，还抓了唐僧准备食用。面对强势的孙悟空，西海龙王马上改了嘴脸，全没有当年对黑水河神的冷漠，而是第一时间派出自己精心培养的长子摩昂捉拿外甥，鼍龙只和沙僧武艺相仿，居然就做起吃唐僧肉的梦，结果轻松被自己的大表哥拿下。此时早已习惯人情世故的孙悟空顺水推舟，表示这件事就此为止，只是把地盘还给了黑水河神，别的任由西海龙王自家调处。

最弱的龙王是洪江口龙王。他虽身在基层，好歹也是个龙王，居然没事闲得变成条鲤鱼玩，更衰的是被一名平凡的渔夫捉了！要不是运气好，遇到唐僧的爹把他买来放生了，几乎要葬身人腹，让人不由得想起吃饱了撑得化成蛇、结果被刘邦一剑劈死的白帝之子。因轻率而死于非命的例子已有太多，洪江口龙王的遇险足以告诫人们“安全第一”的道理。当然，好心有好报的唐僧老爹陈光蕊倒也是被他报恩救活，后来夫妻团圆、父子相逢。

最低级别的龙王是乌鸡国井底龙王，以前只知井底有蛙，吴承恩告诉我们井底还有龙。这井龙王虽然级别低，不过很善良，知道国王死得冤枉，于是保住他容颜不坏，才有了后来猪八戒下井背国王，孙悟空用解药助他起死回生的故事。

最惨的龙王是乱石山碧波潭的万圣龙王。这位龙王级别一般，但很能搞关系，和牛魔王交情很好，还有个虽非龙族却武艺高强的女婿九头虫，女儿也是被称为“二十分人才”的绝世美人。本来可以很幸福和谐地生活，这条龙偏偏不知好歹，偷了祭赛国国宝，老朋友牛魔王这等高手都被无情镇压了，他还不引以为戒，反而一意孤行，纵容女婿跟唐僧师徒对着干，结果可想而知，除了女婿九头虫战败逃亡、下落不明，老婆被作为战利品送去祭赛国，万圣龙王、龙子、龙孙、连同他的漂亮闺女万圣公主，全都被无情击毙。

在吴承恩的妙笔之下，我们看到了能忍让、又睿智的东海龙王，包庇家人、欺软怕硬的西海龙王，因冲动遭惩罚的泾河龙王，一时起玩心险些丧命的洪江龙王，有善心的井龙王，黑社会做派的万圣龙王。还有不知天高地厚的鼍龙，知错就改、善始善终的小白龙。不同的性格造就不同的命运。其实龙的世界，也就是人的世界。

# 26

## 无辜的虎力、鹿力、羊力

《西游记》有个特点，一方面把佛教写得法力超群，一方面又将民间的和尚们命运设定得十分悲催，全书到处可见各国帝王灭僧、废佛的举动。孙悟空皈依佛教之后虽然依旧简单粗暴、性急好杀，但对自己的宗教信仰还是十分认可的，为佛家出了不少力，立下许多功劳。主要有三回，第一回是车迟国斗败虎力、鹿力、羊力，颠覆该国重道轻佛的传统；第二回是在祭赛国打败九头虫、取回国宝，还国内一众僧人清白；第三回是在灭法国给皇宫集体剃了头，让该国帝王将相们再不敢欺负和尚。不过三回的性质不大相同。祭赛国众和尚是无端被冤枉盗宝，几乎为此丧命；灭法国更是由于国君莫名其妙的价值取向，几乎杀光了全国僧人，孙悟空的行为属于救苦救难，是打抱不平的英雄行为，是毫无疑问的正义之举。但说到车迟国之事，孙悟空却似乎有些打压异教、防卫过当的味道了。

话说车迟国曾遇大旱，和尚们拜佛求雨无功，全国上下一片焦虑，虎力、鹿力、羊力三位道家修行者横空出世，凭借一身道法，为国家求来甘霖，解救了万民之苦。车迟国国君从此认定道士最牛、和尚没用，把全国僧人都派发给道士做了下人。这件事从业务层面说，虎力等道士确实解决了国家困难，为老百姓做了好事、实事；和尚拜佛念经的确没有效果，作为封建时期的一国之君，暴怒之下对失败者按失职进行一定惩罚也很正常，且罪过算不到虎力等人的头上。和尚们做了下人后，声称熬不了苦，大部分选择了自杀——可是按书中所写，他们虽然干了不少体力活，但并未受过毒打虐待，也没有只字片语说过道士不给饭吃、不给水喝，我们只能认为这些和尚不仅功夫不行，而且平日里养尊处优惯了，才会如此不禁事。

扮作道士的孙悟空在向两个看管和尚的道士了解了前因后果后，诈称有叔父自幼出家，恐怕被扣留在此做苦力。两个道士十分仗义，当即表示让萍水相逢的孙悟空去认人，如果有的话，看在同道面子上直接释放。哪知孙悟空蛮不讲理，竟然要求将五百僧侣全部释放，道士当然不同意，猴子竟挥棒将二人杀死——不知道唐长老看到，会不会又念经了。这就是前面说过的孙悟空三次恶意犯杀戒中的第二次。别人一片礼貌、心存好意，只因理念不同、立场不同，就狠下毒手，在取经路上，猴子这种以强盗逻辑、暴力手段恃强凌弱的事情，实在没少干。比起后面被他打死的那几个善良的小妖怪，这两位热心又厚道的道士死得更加冤枉。

杀人只是第一步，孙悟空随后就叫上八戒、沙僧，夜入三清观，趁人不备变作元始天尊、太上老君、灵宝道君之像，将三位道家大佬的原像放进厕所，骗吃了供品不提，还让虎力三人喝了自己的尿。这一段虽写得滑稽之极，却着实缺德得很。虎力等人一没有吃唐僧之意，二没有主动攻击、侮辱、阻拦唐僧师徒，猴子却杀人在前，凌辱在后，就算为和尚出气，也未免欺人太甚。

次日上殿，虎力三人当然不肯善罢甘休，可也是据理力争，先讲明事实，再行惩戒，猴子却非常没品地要起无赖，拒不承认。正巧国中百姓又集体请求虎力求雨，在虎力三人即将成功之时，猴子又用阴谋，阻止了风伯雨师，让虎力三人白费一场功夫。之后斗坐禅、隔板猜枚，以至砍头、剖心、下油锅，猴子仗着本事高强、人脉宽广，一而再、再而三使用阴招作弊，特别是虎力三人以命相拼之时，他不守规矩、不讲道义，偷施杀手，最终将三人活活玩死——还不由分说打死了车迟国一个无辜的报信监斩官。

最离谱的是，当国王念着虎力三人的功劳，对他们的无辜丧命放声痛哭之时，猴子居然说他们的本意是来谋害国王，只是因其气数还在，才没有动手。车迟国王是个昏庸无能之人，又被猴子的本事唬住，当然信以为真。可通篇反复看去，我只看到虎力三人一直造福黎民，实在没有一点祸国殃民的地方。和比丘国那个骗国王吃小儿心肝的鹿精国丈相比，虎力三人虽也是妖怪，却没有做过什么伤天害理之事，就连所谓的虐待僧侣，也是国君的命令，与其并无关系。况且猴子所说漏洞百出，以虎力三人的功夫，想谋害国君，还需等什么气数不气数？一口吃了就是！岂不见乌鸡国国君，早早就被妖怪推进井里；狮驼国上下，还没等到取经团队到来，就被狮子、大象吃光了。真是欲加之罪，何患无辞！浑身是毛，还说别人是妖怪！

孙悟空一行在取经路上广结善缘、多做善事，这是值得肯定的，在车迟国解救了受苦的和尚，也的确是件功德，可如果失职可以不被问责，那势必滋生更多的问题，也丧失了基本的公平公正。如果只是为了替同门出气，就用阴谋一再算计、杀害、赶尽杀绝，那这样的行为，到底是善，还是恶呢？车迟国内，不见虎力等仗势欺人，却只看到一只被佛祖招安的猴子上蹿下跳欺负人。不禁让人感慨，所谓善恶是非，终究是拳头说了算。

这一段堪称全书中孙悟空最不地道的故事里，大概也只有猴子求雨时对雷公说的那句“仔细替我看那贪赃坏法之官，忤逆不孝之子，多打死几个示众！”还能让人称一句痛快了。

# 27

## 愚昧的祭祀与迟来的鱼篮

唐僧是个怕水的和尚，之前已经分析过他的属性是“火”，水克火，理固宜然。但可怜的唐僧这辈子水患真不少，从小就被亲妈扔到水里泡着，要不是让和尚救起，早就提前到西天了。童年的悲惨经历直接导致唐僧一见水就掉泪，如流沙河、黑水河……来到前往西天的中间点陈家庄（地标指明，此处距西天五万四千里，恰好为全程的一半），唐长老又遭了水灾，这一次，他遇到的是一只叫灵感大王的妖怪。

灵感大王的名字充满喜感，不知道是不是吴承恩先生写到这里时突然来了“灵感”，这条喜欢闹腾的金鱼精本是观音菩萨的宠物，下凡之后在陈家庄一带吃人。但这条鱼还有点原则，吃人归吃人，只要足额足质送给他吃，就保陈家庄风调雨顺。风调雨顺历来是传统农业社会中人们最美好的愿望，但代价是要轮流奉献童男童女，这个成本也确实太大了。

唐僧投宿在陈家庄的这家有两个老头，老哥俩活过半百才得了一儿一女，结果倒正好凑齐当本期的祭品，二人悲痛的心情可想而知。

孙悟空和猪八戒挺身而出，变成这两个小孩，潜入水底打败了鱼妖。但名为灵感大王的鱼妖果然很有灵感，很快发现了比童男童女更好吃的唐僧，并依照部下妙计将其擒获。猪八戒、沙僧二打一也只和他战成平手。最后孙悟空请来观音菩萨，才知道这妖怪的身份，由菩萨拿鱼篮将其回收完事。

这里且不提孙悟空的慷慨仗义、猪八戒的磨磨唧唧，这个故事本身是非常程式化的，但其背景和结果却折射出很多让人不吐不快的东西。

一直以来，封建时期对河神、水神的愚昧迷信是最让人愤怒的。历朝历代，不知道发生过多少这种把小孩子或者妙龄少女白白投水求得心理安慰的悲剧。所以“西门豹治邺”的故事才千古传颂，他把愚蠢的神婆扔到河里先去给河神报信的事迹，在一定意义上，不亚于任何民族英雄。可惜，千百年里，西门豹太少，愚民却太多。吴承恩大概也是由此激发了灵感，只不过这一次的河神有了实体——确确实实是条恶鱼作祟。

但纵使真有所谓的河神又如何？难道可以保一方风水，就能随便吃人吗？这比强迫人交保护费的黑社会更过分，黑社会要的是钱，这些以神为名的妖孽要的是命。从古时“李寄斩蛇”的故事，到二十年前风靡全国的著名游戏《轩辕剑三外传天之痕》（参见陈靖仇救于小雪斩鱼精的故事），都是从这种不断发生的人间惨剧中产生了灵感，塑造出不畏妖邪的英雄，力排众议、孤身犯险，表现出反迷信、反愚昧无知、反强权暴虐的斗争精神。

人是应该存敬畏之心的，但如果对于所有的欺凌、侮辱，都因为自己的渺小而选择屈从，那只能助长对方的气焰，而失去更多的东西。李寄斩蛇后，看着一洞的尸骨，就曾感慨遇难者的软弱。不管真有河神也好，假有河神也好，如果人人面对这种荒谬愚蠢、毫无人道的规矩都能站起来说不，那又何必苦苦等待英雄们出手，才能真正解脱呢？求救莫如自救。

再说说观音的鱼篮。那慈悲的鱼篮收走了鱼精，解救了民间疾苦，但实在太晚了。天上一日人间一年，金鱼精作祟日久，已不知伤害了多少无辜，多少天真可爱的童男童女连长大成人的机会都没有，就永远葬身鱼腹。像这样十恶不赦的妖物，就地正法才是正道，要不是金鱼属于观赏鱼不能吃，真该煮了给陈家庄上下分而食之！观音一言不发，鱼篮轻飘飘一装，一切仿佛也云淡风轻了。连孙悟空都不敢惹菩萨，老百姓们自然只有满地叩头的份了。只是不知那些已经被吃了儿女的人家，到底是恨多，还是敬多。受害者的委屈又该对谁说、又能对谁说呢？观音收走了金鱼后匆匆离场，我分明觉得这离场很慌张。迟来的鱼篮虽然终结了祸患，却终究欠一个交代。

# 28

## 上进的青牛

青牛，太上老君专属坐骑，中国传统文化中最著名的坐骑之一，可以和吕布的赤兔、姜子牙的四不像、楚霸王的乌骓并驾齐驱。《西游记》中自然不会少了他出镜的机会，吴承恩先生给足了青牛精戏份和面子——如果评选孙悟空一路上遇到的最难对付的妖怪，青牛精绝对能名列三甲。

话说唐僧被青牛精活捉纯属自找，当时前去化缘的孙悟空已经用金箍棒画好了圈子保护他们，只要不出圈，什么妖魔鬼怪也无可奈何。偏偏唐僧每次都像被设定了程序一样，只对猪八戒言听计从，沙僧又永远选择盲从，于是三人果断走出了安全圈。这三人误打误撞进了妖精设计的房子也就罢了，猪八戒、沙僧闲得没事，非要过把瘾，穿人家房里的漂亮衣服，结果衣服忽然变成绳子，师徒三人全数被捉。这一难，说唐僧活该一点也不过分。

孙悟空真不容易，忍着一肚子气跑来救师父。青牛精和很多妖怪不同，其他人听到孙悟空的名字，自信心差点的如黄风怪，几乎就要把唐僧放了；稍微好点的，也会心里忐忑良久。这头牛确实很牛，他的反应居然是很激动，觉得自己自从下凡，还没有试试武艺，正好拿猴子练练手。瞬间，吃不吃唐僧不重要了，青牛精最大的兴趣已经变成了证明自己。

首次较量，是纯凭武艺单挑，较量结果是青牛、猴子互相称赞，四五十回合没分胜负。打到后来，双方进入到斗法阶段了，猴子面对重重小妖围攻，把金箍棒变成千百条，青牛精部下无不逃命，正在这时，《西游记》全书中的最强法宝登场了——金刚琢！此物一出，一切兵器尽数被收走，孙悟空立刻成了空手猴子，吓得翻身逃走，一直逃到远处没人的地方哭了一场。能把猴子打成这样的，还真没几个人！

当然，在西行路上，猴子受挫已经不是一两回了。孙悟空平复了受伤的心情之后，冷静分析出妖精是天宫出身，第一次行动，请到李天王、哪吒、雷公下凡相助。和五百年前一样，爹不疼、娘不爱的哪吒永远是打头阵的，也是率先被虐的，他的所有法宝照例也被金刚琢吸走。

第二次，猴子请来火德星君，想用火攻干死妖怪。虽然猴子用了兵法，但变态的金刚琢原来不仅能收兵器，火居然也能收！又是一次失败。

第三次，猴子叫了水德星君，理由极为牵强——“妖怪不怕火，一定怕水”，结果水倒是没被收走，但金刚琢自带避水功效！大水到了妖精洞府立刻绕开，流向他方，徒劳无功！当年大禹要是有了这件法宝，那治起水来可轻松多了。

屡次受挫的猴子急眼了，赤手空拳上去揍妖怪，但苦于对方武艺高强，肉搏良久，还是没法取胜。他又拔毫毛变出小猴围攻，却又被妖怪收走——连毛都不放过！

屡战不下，猴子只好另辟蹊径，想把金刚琢偷到手，但妖精保护得周全，无法下手。经过两次入洞、一次单挑，孙悟空只偷回了自己和众神的武器、火具，但随后的一场大战，所有兵器刚施展开，就又被妖精全部收走，一切回归最初。

孙悟空对众神彻底失望了，改向佛门求救。佛祖出乎意料地表示不便透露妖怪是谁，只派十八罗汉前去助阵，结果不管来者是谁，用什么家伙，金刚琢依然照单全收，连罗汉的金丹砂也被收走了。李天王觉得这辈子是捉不到妖精、回不去天宫了，想想自己的荣华富贵、娇妻美妾，几乎都快崩溃了。

关键时刻，降龙、伏虎罗汉说话了，估计佛祖也觉得他们去了也没什么戏，临行前还是透露了一些信息，说如果大家实在没办法了，就去找太上老君。终于，几经周折，孙悟空找到太上老君出马，这次轮到青牛被收了。坐骑看到主人，本能的畏惧使他服了软，连宝物带自己，乖乖被带走了。猴子这一次费劲之大、请来帮手之多，可称空前绝后！

青牛精虽然被收服，但凭借其超凡的表现，确确实实证明了自己足以在西游群妖中名列前茅，虽然没吃上唐僧肉，也应该够痛快了。想想五百年前，猴子大闹天宫之时，它还只是一头在一边围观的普通牲口，看着主人用金刚琢偷袭，打懵了正在苦战二郎神的孙悟空。如今沧海桑田，他已经可以和猴子不相上下了，连孙悟空自己都说："这怪物手段又强似老孙。"正如许旌阳仙人所言："此一时，彼一时，大不同也。"猴子被镇压在山下的光阴里，上进的青牛一刻也没有放松修行，还十分有心地记下了金刚琢这件旷世宝贝。

太上老君不愧是藏宝专家，上一次被金角、银角二童子偷走了那么多宝物不算，还有压箱底的金刚琢。金刚琢真是猴子的克星，五百年前把他打晕，五百年后还要一次次折磨他。

值得玩味的是佛祖的态度，作为佛家最高领导，对道家的太上老君似乎还是有几分礼让的，一再推托、吞吞吐吐，生怕惹了不必要的麻烦，这还真不是佛祖一贯强势的风格。毕竟涉及佛家道家两大体系的高级管理层，大家是要互相给面子的。所以说，当老大难啊，协调关系是门大学问。至于天宫那群废物，以及无辜的劳碌命孙悟空，不好意思，辛苦你们先折腾折腾吧！

# 29

## 另一只猴子

《西游记》就像动物园，鼠、牛、虎、兔、龙、蛇、马、羊、猴、鸡、狗、猪，十二生肖应有尽有。说起里面最出风头的猴子，除了孙悟空，还有一只，那就是和孙悟空各方面都不相上下的六耳猕猴。

谈到六耳猕猴，首先想提提前些年网上一篇流传很广的文章。该文章非常有特色，但又有些“阴暗”地把六耳猕猴说成佛祖的一场阴谋，寻找了不少有力证据，说明在佛祖为“真假美猴王”做出权威判断后，真正被打死的那个其实是孙悟空，而佛祖早已选定的替身——六耳猕猴在这场无人能分辨的阴谋之后，用孙悟空的身份陪唐僧走完了之后的旅程。

虽然该文章的观点新颖，也足以自圆其说，但我个人还是更愿意相信真、善、美，而且结合全书的创作背景和主旨思想，很难相信作为一个明朝传统文人，吴承恩能做这么虐心、这么后现代的设计。[1]

六耳猕猴，的确是《西游记》里一只很另类的妖怪，也确实代表

1 感兴趣的朋友可以去网上找找，这篇“六耳文”和另一篇关于唐僧身世之谜的文章堪称《西游记》资深级读者原创的两大奇文

了一些东西，但我理解，这只像孙悟空影子一样的猴子，更象征着一种心魔。孙悟空在取经路上兢兢业业、劳苦功高，但唐僧始终不怎么喜欢他，还两次将他逐出师门。第二次被赶走的孙悟空，委屈和不甘达到了极点，又不知如何发泄。就在这个时候，六耳猕猴出现了，也许作者想借此表达的正是一种人们意念深处的东西，一种在受伤时，出于本能的自我保护意识。

好吧，我们不妨浪漫一些，把这只和孙悟空区分度极低的六耳猕猴想象成孙悟空的一场梦，一场将心中的恶、心中的真都尽情发泄的梦。

另一只猴子，同样可以有花果山，也同样可以组成取经的队伍（找了三只会使用变化术的猴子精变成唐僧、八戒、沙僧，六耳猕猴着实有创造力）。只要敢想，一切都能做到。这究竟是真实的存在，还是孙悟空的不甘与创意幻化成的假象呢？在那个取经队伍里，师父是傀儡，师兄弟无原则服从于他的指挥，那是孙悟空的队伍，他是绝对的领袖，这也许本就是孙悟空想象过无数次的场景吧。人在憋屈到极致时往往喜欢幻想——如果我是“头儿”就好了，如果我能做主就好了，如果——也许，六耳猕猴就是孙悟空的一个梦，只是这个梦做得太逼真了。

人们总会把现实世界中无法实现的愿望不自觉地放到梦中，在那个世界里，一切现实都可以按照自己的潜意识创造。孙悟空两次被赶走，气都快气死了，说他恨不得把有眼无珠的唐僧胖揍一顿，绝对是有可能的，于是六耳猕猴替他完成了。可是孙悟空是个有分寸的猴子，对师父的救命之恩念念不忘，所以唐僧只是轻轻地挨了一棍子，晕了一会，很快满血复活——不然以金箍棒之沉重，多少妖怪吃了一下就被打成了饼，血肉之躯的唐僧怎可能只是晕一会儿这么简单？再说那两个兄弟。孙悟空与八戒、沙僧虽然打打闹闹，但终究是一支团队，沙僧平日里不温不火的态度恐怕比猪八戒的吊儿郎当更让猴子受不了。于是，沙僧最暴躁的一次表现也发生在这一回中，他在花果山发现假沙僧后，一怒将其打死，还要和孙悟空单挑——现实中的沙悟净，又何曾这么爷们过？这莫非也是孙悟空一种恶搞般的潜意识，希望这位沙师弟争口气，活出个人样？猴子其实一直是个心底柔软的人，对于拯救自己的观音，多少存在一些依赖，所以他终究是要跑到菩萨身边求安慰的。也许从观音告诉他，将会有被自己点化的取经人救他时，他就像很多虔诚的信徒一样，把菩萨当成了自己的救世主，并坚信菩萨可以理解他的委屈，也终究会为他找到一条生路，不管是在现实中，还是在梦里。

一个故事，从不同的角度，总能得到不同的看法。六耳猕猴是真实还是虚幻，已不重要。就像梦总要醒，再郁闷的人，只要不是太脆弱，也总会让自己慢慢接受现实。孙悟空的梦在他最敬畏的佛祖面前醒了，现实任务仍摆在眼前，不甘也好，不认命也罢，既然一切挣扎都是徒劳，倒不如放平心态，去享受被生活按在地上摩擦。于是四人再度上路，不约而同地把另一只猴子的故事永远埋在了回忆深处。

# 30

## 牛魔王的妖界地位和悲剧结局

近三十年来，影坛围绕西游的话题推出了不少片子，最著名的是周星驰的《月光宝盒》《大圣娶亲》，近年来还有《西游降魔》《大闹天宫》《三打白骨精》等等，包括一些未登陆院线的网剧。在很多片子中，牛魔王总是以妖怪中的大魔头身份出现，这个定位其实是很符合原著的。

西游记中的妖怪可分为“家妖”“野妖”两类。家妖是和诸神佛有关系的，以大鹏鸟、九头狮子为最强。而野妖里，牛魔王的本事绝对是当之无愧的第一。从业务能力看，他武艺高强，在孙悟空、猪八戒合力围攻之下，都可以立于不败之地。但之所以把他称为妖界领袖，更多的还在于他超强的人脉。西行路上难关数十处，仅牛魔王体系就占了六处之多！红孩儿是他儿子，铁扇公主是他老婆，玉面公主是他小妾，看守落胎水的如意道士是他义兄弟，万圣老龙王是他铁哥们儿，万圣龙王的女婿九头虫也间接和他构成朋友圈关系。能有如此规模的关系网，牛魔王是西游记群妖中唯一的一个。

然而，牛魔王的作风却和他的地位不太相符。他既对吃唐僧肉没有兴趣，对于送上门来找事的孙悟空也不打算招惹，只是不想帮这个昔日的兄弟而已。可以说，牛魔王过的是独善其身的日子。他的生活本是典型的地方豪强标准，娇妻美妾，纵情山水为乐。但是人在江湖，身不由己，在孙悟空一再欺负他家人（儿子被镇压，妻子被戏弄，妾室被恐吓）的情况下，老牛爆发了。几次三番斗法斗智，孙悟空在一群帮手的协助下艰难取胜，牛魔王被“依法”带到西天接受处罚。

可是仔细想想，我实在找不出牛魔王犯了什么法。要说法律，借东西未果就强取豪夺的孙悟空和九天神佛们倒是先后构成了抢劫罪、偷盗罪、性骚扰罪、故意杀人罪、强行拘禁罪等等。每当看到牛魔王推开铁扇公主，迎着满天神佛发出最后的咆哮时，都让人感到英雄末路的悲壮。孙悟空在整本书中大多数时间都在扮演正义的化身，但在火焰山，他既输了武艺，更输了道义。

牛魔王的悲剧也许是吴承恩影射明代社会现实的又一个有意塑造。就算你再强大，也要面对制定制度和规则的人。就算你不想玩，一旦被卷进人家安排好的游戏，就由不得你选择。“匹夫无罪、怀璧其罪”，《三国演义》的刘表守着荆州这块宝地自得其乐，终究免不了身死国灭，被曹、孙、刘三家瓜分。牛魔王私藏芭蕉扇这样的宝物，又哪能逃得出游戏制定者的手掌心呢？前面黄风怪的悲剧已经说明，很多时候，独善其身、高高挂起都是奢侈，但他终究是抓了唐僧。连唐僧面都没见过的牛魔王和他比起来，要更冤枉、更无辜了。

《施公案》里，金镖黄天霸跟了施公之后，为表忠心，扫荡了自己当年的山寨，杀了自己的两个结义兄长和两位嫂子。那只被佛祖招安的猴子，在现实的无情之下，低下了曾经比牛魔王还高傲的头，毫不犹豫走上了黄天霸的路子。牛魔王的悲哀其实也是孙悟空的悲哀。为求洗底倒打一耙，又代表了多少曾经的“英雄”呢？

# 31

## 铁扇公主和玉面狐狸

《西游记》里女性角色很多，铁扇公主在传统意义上属于结局比较好的一位，要回了宝物芭蕉扇，留在火焰山修行，最后还得道成仙。但我却并不觉得她快乐。失去了儿子、丈夫，心灵的皈依到底是真的解脱还是求不得？

其实铁扇公主一直是个受害者。妖精们的感情世界大多单一而纯粹，如黄袍怪对百花羞，赛太岁对金圣娘娘，都是一心一意。唯独铁扇公主嫁给了一个好色的妖怪。牛魔王一身本事，武艺、智谋都是一流，然而拈花惹草，四处留情。狐狸精玉面公主如花似玉，又有万贯家财，如此标准的“白富美”情愿倒贴给牛魔王当小妾，可见牛魔王对她也不错。记得小时候看《西游记》电视剧时，还没有“小三、二奶”这些词，当时形容这类女性的流行词就是“狐狸精”。扮演玉面公主的演员真可以说把狐狸精的神态和韵味演活了，给少年时代狗屁不懂、却充满好奇的我留下了深刻的印象。牛魔王被玉面公主这只“有名有实”的纯狐狸精迷住后，两年没有回过家，可以想象铁扇公主独守空床的寂寞无助。

孙悟空找铁扇公主借扇子未遂，只好跑去找昔日的大哥牛魔王，遇到了打扮得像小白花一样清纯可人的玉面公主，诈称是铁扇公主让他来找牛魔王的，没想到正好触及“铁扇公主”这个敏感词，二人产生激烈冲突。玉面公主哭着跑回洞府，牛魔王却吃定了原配对自己的真心，表示：“山妻是个得道的女仙，家门严谨，内无一尺之童，这一定是哪里来的妖怪冒充的。”虽是对铁扇公主信任有加，但站在铁扇公主的角度，却也着实让人伤心。一方面觉得老婆绝不会背着自己有男人，哪怕是男童佣也不会有；一方面却堂而皇之宠着新欢，终日作乐。这份信赖固然足见夫妻情深，但喜新厌旧至此，怎能不让人断肠？封建时代也讲究不可“宠妾灭妻”，老牛这碗水未免端得太不平了。

打不赢牛魔王，孙悟空只好用欺负红孩儿的老办法，扮作牛魔王模样骗铁扇公主，可怜的铁扇公主太想见到老公了，以为自己梦想成真，夫君真的回来了，根本没有多想，又是梳妆打扮，又是温存体贴。毕竟是古人写的书，男尊女卑惯了，铁扇公主的一腔委屈在丈夫回来的一刻，就这么轻描淡写消尽了。可惜后来真相大白，孙悟空拿到扇子后显出本相逃走，铁扇公主的悲愤和怨恨才终于爆发。但即便如此，当真的牛魔王赶回家时，铁扇公主也没有因为他宠爱狐狸精忘了自己而埋怨，只是恨他连累自己被骗走了宝物。

最后，大战三场的牛魔王寡不敌众，在危难临头的一刻，他扔下了有钱又可人的玉面公主，放弃了狐狸精手下可以为他助阵的无数小妖，最后的选择是逃回芭蕉洞——他和铁扇公主的家。铁扇公主看着穷途末路的丈夫，放弃了所有的尊严和骄傲，哭着求他把扇子送给孙悟空算了。牛魔王毅然摇头，决心替自己和妻子讨回公道：“物虽小，恨却深。”

当牛魔王离开洞府和孙悟空决战的那一刻，这个一度负心薄情的妖界首领忽然变得高大。他不会忘记，前不久自己刚在玉面公主洞府众小妖的帮助下大败了悟空、八戒，如今却心甘情愿一个人面对两个不逊于自己的高手和越来越多的九天神佛们。因为他已看透，自己破坏了庄家的规则，结局早已注定。最后的拼死一战，只因为自己的女人受了欺负。

牛魔王的确是妖也确实阻扰了唐僧的取经大业，他的花心风流也绝对不值得肯定，但有一说一，牛魔王的所为倒不失一条硬汉。他离开玉面公主，并不见得是放弃，而是更好的保护，他知道孙悟空针对的始终只是他和那把芭蕉扇，和狐狸毫无关系，只要自己走了，玉面公主也就安全了，小狐狸并没有爱错人。只是所有人都万万没想到，猪八戒如此辣手摧花，依然全歼了狐狸洞。也许在牛魔王的心中，对狐狸的爱是怜惜和保护，对铁扇公主的爱却是亏欠之后的生死与共。在他的感情世界里，对玉面公主，要负责，要保障她的安全，尽量不让自己牵连到她，也不枉人家跟自己一场。对铁扇公主，那终究是第一个和自己一体的人，难分难舍，自结发始，自入土终。铁扇公主在这场爱与怨的折磨中，终究笑到了最后。

有“好生”之德的神佛们不能随便杀人，于是牛魔王注定不能英雄到底，战死沙场，最后必然要战败求饶。深爱丈夫的铁扇公主为救夫君性命送上了扇子——其实从牛魔王回家的那一刻开始，夫妻间的恨就已经一扫而空了。可惜在神佛们的眼中，“错”就是“错”了，只因为不想借自己家东西就犯了天条的牛魔王根本没有说理的机会，被打回原形，押送到西天接受惩罚，全书再也没有交代他的结果。

就这样，铁扇公主在失去儿子之后又失去了丈夫，这个两年未见一面的丈夫才刚刚回到自己的身边，两颗很久没有碰触过的心才刚刚又连在一起，却再也没有了继续走下去的机会……铁扇公主最后所谓的“成了正果，藏经阁万古留名”，依旧是站在神佛角度的所谓美好结局，失了天伦之乐的苦却不会被人再提起。

忽然想起经典电影《青蛇》里那群恐怖的和尚，把许仙绑架到金山寺，封住各种感官让他“入境”，似乎只有把人强行拉进他们“出家人”的队伍才是行善，任何人间情爱，都是错，都是恶。《西游记》里的各位主宰者，不也一样吗？

# 32

## 木仙庵诗歌品鉴会（上）

西行路上风险重重，但也并非每一次都是血淋淋的。在唐僧十余次被捉的经历里，就有一次，不仅没见到任何容易引起不适的限制级刺激场面，反而还充满风雅，这就是木仙庵“茶话会”。在这一回里，吴承恩把自己诗词方面的才情尽情释放，描绘出一幅文采飞扬、充满画面感的完美图卷。这些诗朗朗上口，颇多用典，后面让我们一一赏析。

木仙庵顾名思义，是一群植物类妖精的聚集地。唐僧照例被一阵旋风卷走后，来到了一座烟霞石屋前，接待他的是一位相当有气质的老者，言明并无恶意，只是想和他诗文会友。唐僧是个标准的以貌取人者，看到对方没有青面獠牙，长得十分慈爱，顿时放松下来。

走进这座颇为古色古香的宅子，迎上来的三人也都是仙翁一般的人物。众人自报家门，分别是孤直公、凌空子、拂云叟，接唐僧的那位则称为劲节十八公。

唐僧是个颇通礼数之人，看见四老对自己很是友好，也表现得十分谦虚。众人既然以诗会友，自然先要来一段，于是以年龄为题材，分别来了一首七言律诗。

孤直公：我岁今经千岁古，撑天叶茂四时春。香枝郁郁龙蛇状，碎影重重霜雪身。自幼坚刚能耐老，从今正直喜修真。乌栖凤宿非凡辈，落落森森远俗尘。

千岁老人孤直公，显然是一棵挺拔的古树，拥有笔直的树干，枝繁叶茂且四季长春，能耐严寒酷暑。说到这里，对树木有些研究的人不难猜到他是柏树精。特别是那两句“撑天叶茂”“香枝郁郁”正应了柏树的分枝稠密，树冠密不透风。

凌空子：吾年千载傲风霜，高干灵枝力自刚。夜静有声如雨滴，秋晴荫影似云张。盘根已得长生诀，受命尤宜不老方。留鹤化龙非俗辈，苍苍爽爽近仙乡。

同为千岁之人，凌空子的特点和孤直公类似，高大挺拔且有韧性，盘根错节，生命力强，他是一棵桧树精。桧树和松柏有类似之处，今人大多不太能辨认清楚，但古代人对于这些类似的树木还是有一套区分方式的。

拂云叟：岁寒虚度有千秋，老景潇然清更幽。不杂嚣尘终冷淡，饱经霜雪自风流。七贤作侣同谈道，六逸为朋共唱酬。戛玉敲金非琐琐，天然情性与仙游。

拂云叟也不简单，同样年头久远，但他的辨识度就高多了，从这首诗就可一目了然。“岁寒”二字一下子让人联想到“岁寒三友”，无外乎松、竹、梅三者之一。后面出现的“七贤”二字一下子暴露了拂云叟的身份——竹子精，作为魏晋著名隐士的“七贤”，谁不知道他们的主要活动区域是竹林呢？“六逸”虽然知名度没有“竹林七贤”高，但也是风流俊赏的一段佳话。大唐开元年间，刚刚搬家到山东的李白，与当地名士孔巢父、韩准、裴政、张叔明、陶沔一起，在泰安徂徕山下的竹溪隐居，世称“竹溪六逸”。单一个李白，就足以代表了一段中国最璀璨的文化史。

劲节十八公：我亦千年约有余，苍然贞秀自如如。堪怜雨露生成力，借得乾坤造化机。万壑风烟惟我盛，四时洒落让吾疏。盖张翠影留仙客，博弈调琴讲道书。

十八公最先出场，最后作诗，他的身份更好猜，这个不是吴承恩原创，而是古人玩的文字游戏，用的是拆字法，十、八拼起来是个“木”，木、公，则是“松”，这棵松树精暴露无遗。且松树一直是长寿的象征，十八公的年龄也在另三人之上，已经不止千岁，让唐僧感叹不已，将四人比作“商山四皓”。

“商山四皓”是秦末汉初的四位传奇隐士，分别叫东园公、夏黄公、绮里季、角里先生，一直蛰居在商山，信奉黄老之术，名声极其响亮。刘邦曾多次请他们出山，四人全不给面子，后太子不被刘邦待见，吕后用了张良的建议，想尽办法帮他请到了这四个高人。有一次刘邦看到他们站在太子身后，一问原来是“商山四皓”，大惊不已，回去就跟宠妾戚夫人说：你的儿子接班没戏了，太子羽翼已丰，连我都请不来的厉害人物都跟了他了，你认命吧！

唐僧很会夸人，四棵树也很受用，但还是客气了一下，表示自己最多就是“深山四操”，这个“操”显然是个名词，大概指操守、品行。看得出四棵树虽不敢比古人，却也对自己的修为很满意，至少在这片地界，还是很立得住的。

随后，唐僧也自报家门，把自己四十岁的生涯写了一首小诗。

“四十年前出母胎，未产之时命已灾。逃生落水随波滚，幸遇金山脱本骸。养性看经无懈怠，诚心拜佛敢俄捱？今蒙皇上差西去，路遇仙翁下爱来。”比起四棵老树，唐长老可谦虚多了。这首诗歌虽美感欠佳，仅勉强通顺，却很实事求是。

# 33

## 木仙庵诗歌品鉴会（下）

开场白过去，四老开始向唐僧请教修行之道，毕竟“修行”这个话题是大家的主业，虽然方式方法不同，但大可以讨论一番。

难得碰到妖精主动求教，唐僧喜出望外，决定把握好这个传道的机会，毫不客气就开始讲禅。他认为禅机人身难得、中土难生、正法难遇，所以要去西天请如来佛祖传经，点化心智，才能悟得正果，普惠众生。

听完唐僧的大论，四老虽然礼貌性表示受教，但事实上并不认可。拂云叟最沉不住气，尖锐指出：“道也者，本安中国，反来求证西方。空费了草鞋，不知寻个什么？”甚至批评唐僧的行为是“忘本参禅，妄求佛果”。唐僧也礼貌性地行晚辈礼，表示谢谢指导。

虽然树精们靠自我努力求正果是值得肯定的，千年修行来之不易，在风霜雨雪的考验下，始终坚持从本我找寻提升的路径，绝对应该得到尊重。但另一方面，我们也不能简单地认为唐僧是消极被动、存有依赖心理的，他在取经路上的坚忍不拔已经足以证明他并非缺乏主观能动性之人。唐僧在人间社会里有太多无法找到的答案，自幼认定寻求解脱的方法唯有佛道，这个价值观已经根深蒂固，和立足于通过自我修炼不断提高的树精们显然不是一种思考模式。大家毕竟不是一个世界的人，寻找答案的方法受制于不同的理念而已。

双方谈了一段禅之后，十八公又撺掇着回到诗文研讨的范畴，转入对诗阶段。走进木仙庵，看着这犹如仙境一样高大上的文艺沙龙，唐僧渐渐放下了包袱。也许是传承自己的状元父亲陈光蕊的文学天分，唐僧诗兴大发，脱口而出一句："禅心似月迥无尘，诗兴如天青更新。"

四棵老树喝一声彩，马上分别接龙："好句漫裁抟锦绣，佳文不点唾奇珍。六朝一洗繁华尽，四始重删雅颂分。"七言律诗还差最后一个结尾，自然又交到唐僧手里，于是，唐僧以"半枕松风茶未熟，吟怀潇洒满腔春"为这首漂亮的诗注上尾联。

但看唐僧这最后的诗句，哪里像是出家人？若不说是出自他口，还以为这是哪朝风流才子花前月下的畅意抒怀呢！只不过唐僧的"满腔春"里，可容不下真的"春色"，很快他会用实际行动证明这一点。

诗歌接龙不过瘾，众人又来了一次"顶针诗"较量。所谓"顶针"，就是每人两句，后者以前者诗句的最后一个字作为开始。这一次四老自娱自乐，没算上唐僧，一人两句，拼出一首诗："春不荣华冬不枯，云来雾往只如无。无风摇曳婆娑影，有客欣怜福寿图。图似西山坚节老，清如南国没心夫。夫因侧叶听梁栋，台为横柯作宪乌。"

这首诗从格调到内容，比之前的作品逊色了不少，四棵老树说来说去还是在自卖自夸。没有唐僧加入，诗歌显得有些浮夸而缺乏灵魂。

但唐僧对于这种水准的诗仍然拍手叫好，还主动又开了新头，写下了一首："杖锡西来拜法王，愿求妙典远传扬。金芝三秀诗坛瑞，宝树千花莲蕊香。百尺竿头须进步，十方世界立行藏。修成玉象庄严体，极乐门前是道场。”

不得不说，唐僧真是个好和尚，从来没有忘记过自己的身份使命，就算在这种文人聚会的场合里，依旧保持着本色，放开胸怀，却不忘形，字里行间都是对修身成正果、传扬佛法惠及万民的期盼。

四老到了这时候，基本上已经创意枯竭，但大老远把人家卷过来论诗，就跟拼酒一样，自己总不能先倒下，只得咬紧牙关接着造句。

劲节十八公：劲节孤高笑木王，灵椿不似我名扬。山空百丈龙蛇影。泉泌千年琥珀香。解与乾坤生气概，喜因风雨化行藏。衰残自愧无仙骨，惟有苓膏结寿场。

孤直公：霜姿常喜宿禽王，四绝堂前大器扬。露重珠缨蒙翠盖，风轻石齿碎寒香。长廊夜静吟声细，古殿秋阴淡影藏。元日迎春曾献寿，老来寄傲在山场。

凌空子：梁栋之材近帝王，太清宫外有声扬。晴轩恍若来青气，暗壁寻常度翠香。壮节凛然千古秀，深根结矣九泉藏。凌云势盖婆娑影，不在群芳艳丽场。

拂云叟：淇澳园中乐圣王，渭川千亩任分扬。翠[illegible]不染湘娥泪，班箨堪传汉史香。霜叶自来颜不改，烟梢从此色何藏？子猷去世知音少，亘古留名翰墨场。

这几首诗文采尚可，桧树精凌空子提到的太清宫在很多地方都有，结合其身份，指的应该是河南鹿邑的太清宫。此地据载是老子出生之处，宫内至今有桧树数棵，相传为老子手植。竹子精拂云叟酷爱用典，提到的淇澳园指的是兴建此竹园的卫国武公。湘娥是指舜帝之妻娥皇、女英，她俩为夫奔丧，泪洒竹竿成斑的典故算是非常有名了，“湘妃竹”就出自于此。子猷，书圣王羲之之子王徽之，此人酷爱竹，曾言“何可一日无此君！”拂云叟以他为知音也的确恰当。但是，抛去音律美不谈，四老写来写去，始终是在自说自话，卖弄个人修行。

唐僧大概也感受到了对方和自己绝非同道，既然以佛心点化不了他们，便一边接着夸赞，一边适时准备告辞。

这时，美女杏仙闪亮登场。稍微客套一番后，马上也作诗一首：“上盖留名汉武王，周时孔子立坛场。董仙爱我成林积，孙楚曾怜寒食香。雨润红姿娇且嫩，烟蒸翠色显还藏。自知过熟微酸意，落处年年伴麦场。”

这首诗不用猜就告诉我们她是杏树精。她比竹子精更爱用典，开头四句全是典故轶事。汉武帝时有人献杏树，据说开花后比一般的杏花多出一瓣，结的果子又称“武帝杏”；大儒孔子曾在杏坛授课，教育出一大批贤才；三国名医董奉拒收病人的挂号费和医药费，只让每位患者种五棵杏树，此后门前渐成杏林；西晋孙楚曾在寒食节用杏酪祭祀春秋时的名士介子推。其中孔子和董奉的典故，至今仍有影响。杏坛和杏林分别代表着教育、医疗两大领域。

杏仙一出场，气氛马上变了味，非常不矜持地开始向唐僧表白，出场时仙女下凡一样的气质荡然无存。四棵老树也极其热情地做媒，希望促成好事。让我不由得感到，这是一场早已安排好的预谋，请唐僧来论诗根本就是个幌子，是杏仙和老树们串谋在前，一步步引诱唐僧上套。

唐僧原则性极强，自然是坚决不从。四老还顾点颜面，不好强求，一边的赤身鬼使（枫树精，所以红通通的）显然修炼还不到位，不仅形象差，素质也差，开始恐吓起唐僧，打算强买强卖。

关键时刻，孙悟空三兄弟赶到，虽然树精们马上化作原形，装没出现过，还是被猪八戒一锅端，尽数杀死。唐僧觉得对方毕竟没害自己，想从宽处理，孙悟空却在没有任何事实根据的情况下，认定这些树精现在虽不成气候，将来必然害人，用在车迟国害死虎鹿羊三位大仙的那套站不住脚的逻辑，坚决予以连根铲除。

至此，一场风雅美事化为春梦。唐僧是个把人和妖分得很清楚的和尚，虽然有点不忍心，但考虑到这些植物毕竟是妖精，也就不再多说了。可怜杏仙为了爱情，赔了性命，还连累了一大批辛苦修行了千年的同类。

也许文人骚客遇到猪八戒这种夯货，本就只能是这样的结局。

# 34

## 黄眉怪的心理学故事

西行路即是人生路。途中妖怪林林总总、各有特色，就如社会洪流之中众生千面，就算你道行再高，也参不透所有人心。故有人言："见人说人话，见鬼说鬼话。"说到底，讲的不外乎是"心理学"。抓住别人的心理，或可将心比心，或可借力打力，不论出发点是什么，都有了成功的基础。黄眉怪就是这样一位心理学高手。

西游群妖大多自信心不强，面对可口的唐僧肉，或多或少会顾虑孙悟空师兄弟（孙悟空大闹天宫最大的好处就是给自己打出了品牌），因此"智取"往往是妖怪们的首选之策。可是他们采取的多半是富贵和美色的诱惑，这就显得太不会抓住人物心理了。唐僧是一个几乎从出生就在寺庙里长大的传统和尚，根红苗正。虽然除佛学外，他对人文历史、社会科学都有涉猎，甚至对于风月故事也有很深的了解（参见他和蝎子精的一段对话），但对什么荣华富贵、软玉温香，他从没有直观地感受过，实打实地不感兴趣。故而以此为突破口，成功率是微乎其微的。费尽心思的妖怪们最后耗尽了耐性，还得走上没有技术含量的武力解决之路。

黄眉怪就不一样了，他深知唐僧取经的心有多么虔诚，选择了投其所好。这个看准要害、直抓重点的妖怪居然变出了一座小雷音寺！唐僧这种逢庙必拜的和尚果然中计，一步一叩虔诚礼拜，也就正好拜进了黄眉怪的陷阱。

“知己知彼，百战不殆。”“心理学专家”黄眉怪自然不会只分析唐僧一个人，他早知道孙悟空是取经队伍中最强的一个人，也是主宰取经队伍命运的关键，故而在这次擒拿唐僧四人时一反其他妖怪先抓唐僧、由弱到强的思路，而是在孙悟空刚看出苗头不对之时就先下手为强，用法宝金铙擒住了猴子。唐僧虽然是白给送经验值的，但八戒、沙僧好歹也练过，本不至于束手就擒，但一看孙悟空都被捉了，顿时信心崩溃，几乎没有抵抗就被拿下，甚至连一只小妖都没放倒。黄眉怪的“攻心计”真是厉害！兵不血刃、干净利索地将师徒四人一网打尽，堪称全书妖怪之中少有的雷厉风行！

在二十八星宿的帮助下，孙悟空侥幸钻破了金铙逃出，但黄眉怪又祭出第二件法宝，用能装人的布袋子再度将其擒住。虽然猴子个人的逃生技能极为强大，但毕竟难救师父，被迫踏上了寻找救兵之路。黄眉怪采取了和青牛精一样的方法，仗着手中法宝了得，稳坐钓鱼台。但如果说青牛精是抱着和孙悟空斗法比高低的心态，黄眉怪可不仅仅是想和猴子一较高下，他更多的心思恐怕是要让猴子在连番失败的打击下走向崩溃——不愧是攻心为上的“大师”。

果然，猴子几度请来援军，全被黄眉怪的布袋子收走，绝望之下对于上天宫、见佛祖都没了念想，走到了崩溃的边缘。但是在“主角光环”的照耀下，猴子终于等来了黄眉怪的主人弥勒佛。

弥勒佛不愧是黄眉怪的主人，也是心理学高手。他算到了黄眉怪屡胜之下必然狂妄，叫孙悟空引黄眉怪入圈套，再变作西瓜诱其吃下。黄眉怪一来中了弥勒佛送给孙悟空的禁咒，只知前进不会后退；二来屡战屡胜，以为孤身前来的孙悟空已经无计可施了，果然被孙悟空诈败诱到了瓜田。弥勒佛闪亮登场，看准了大战之后的黄眉怪口渴难忍，热情地送上西瓜一枚（猴子变的），猴子进肚，黄眉怪算是彻底着了道，被二人联手制服。

黄眉怪的成功在于他巧妙地把握了人的心理，他的失败也在于自己的心理被人家摸得一清二楚。正是“善泳者多溺”，最终尝到了自作自受的滋味。心理战是持久战，不到最后绝对不能松气，稍一疏忽，不仅前功尽弃，还会把自己置于险地。说心理学、讲谋略，其实最基础、最简单，但又最精彩、最高深的莫过于一招“将计就计”。黄眉怪的欲擒故纵摧垮了猴子的信心，却也让自己膨胀自负起来，于是在最接近成功的时候，被弥勒佛反“将”了一军，满盘皆输。心战之道，变化莫测，不可不察也！

# 35

## 最讲究的妖怪赛太岁

西游群妖中，有一位赛太岁，虽然武功顶多中上，智商最多中下，但毕竟有着观音坐骑的显赫出身，为人相当“讲究”，堪称一朵奇葩。

赛太岁本是观音座下金毛犼，下凡后在朱紫国附近混日子。此人一不打算吃唐僧，二不打算夺国自立，唯一的心愿就是找个漂亮女人当老婆。美女到处有，但赛太岁很有想法，觉得怎么也要找一个皇后级别的女人，于是选定了朱紫国的金圣娘娘，似乎这样才能和自己一方妖王的身份匹配。

有人要问，赛太岁何不学习黄袍怪，找个花样年华的公主，何必娶一个已婚女人？这叫讲究吗？岂不知，这正是太岁“讲究”之处，历史上很多帝王是人妻控，魏文帝曹丕的皇后甄氏曾是袁熙的老婆；千古一帝李世民纳了弟弟李元吉的王妃，还宠爱有加。至于那些乱伦的皇帝就更不用说了。太岁一下凡就接地气，品味直追传统帝王，这还不叫“讲究”吗？

抢女人的方式，赛太岁也很“讲规矩”，先礼后兵。对着朱紫国大叫三声，只要献出金圣娘娘，大家各过各的、互不侵犯，否则将采取伤害性行动——这一点，观音菩萨可以好好和文殊、普贤二位菩萨吹吹了，同样是菩萨，自己的金毛犼只劫色不要命，有所为有所不为。再看文殊的狮子和普贤的大象，一下凡就把狮驼国全国上下吃光了，更是简单粗暴，伤天害理。

守信用的赛太岁没有过度恃强凌弱，收到金圣娘娘后立刻高高兴兴回家去了。没想到金圣娘娘意外得到张紫阳大仙送的“软猬甲”，没人能近身。赛太岁只能看、不能碰，过上了标准的无性婚姻，这显然和其解决生理需求的初衷完全不符。但“讲究”的赛太岁认为，这毕竟是自己公开选中的老婆，还是待之以礼、晓之以情，耐着心做思想工作，甚至为了不让她担心难过，还叫小妖骗她说朱紫国兵强马壮，自己若是去找麻烦肯定吃败仗，让娘娘放心自己的老公和国民没有危险。这一等就是三年！宁愿折面子，只为佳人一笑，就算碰不得，还是无怨无悔，用情不可谓不深——要换别的妖怪，早就气得把金圣娘娘连“软猬甲”一起煮了泄愤。

当然，赛太岁毕竟是个男妖，虽然对金圣娘娘不离不弃、一片苦心，但终究还是得满足生理需要的，于是他隔三差五找些宫女之类的填补空缺。书中明言，他至少还建立起了“西宫”，编制暂时空着，只是供他和其他女子寻欢作乐。连后宫设置都那么严谨，赛太岁真是颇有“人”气。

说起军国大事，赛太岁也是有板有眼。当他得知朱紫国不愿再派发宫女供他“享用”之后，准备发兵讨伐。别的妖怪肯定直接飞去一顿乱咬完事——反正对他们来说，欺负凡人像踩死蚂蚁一样容易。赛太岁却不仅要人模人样地“出兵”，还很规矩地派出一名小妖为使，送去战书，以示最后通牒，规规矩矩玩起了“上兵伐谋、其次伐交”那一套军事理论。

可赛太岁万万没想到，被孙悟空玩了一把。作为朱紫国厚礼聘请的捉妖大师，猴子打到了他的洞府门前。这位太岁爷居然不慌不忙，先叫小妖打听对手姓甚名谁，想按照先通名、再过招的传统规矩单挑。猴子自称是朱紫国来的外公，太岁居然信以为真，还研究起有没有姓“外”的，甚至和金圣娘娘探讨，娘娘都被他问傻了，糊里糊涂地说，《百家姓》里是没有这个“外”姓，也许取自《千字文》。他才喜道：“定是！”欢欢乐乐点兵出洞——大敌当前，为了一个敌将的姓氏问题大费脑筋，赛太岁真是太让我等不求甚解的后学之辈汗颜了。遗憾的是，“讲究”遇上了“不讲究”，孙悟空串通金圣娘娘，计夺金铃，将始终“按规矩出牌”的赛太岁逼入绝境，观音“恰好”赶到，顺利收走了她的坐骑。

赛太岁的故事就此终结，简单快捷，没费多大功夫，猴子一个人就搞定了。甚至都没有听到沙僧喊上那句常规台词：“大师兄，师父被妖怪抓走了。”到底是因为他的本事太差，还是因为他很傻很天真的性格呢？我想，是因为他学到的那一套“人间规矩”已经滞后了、过时了、扭曲了、走样了，或者说初到人间的他，还没有真正读懂那些字面背后的潜台词吧。就像“讲究”这个词，本是彻头彻尾的褒义词，不知从哪天起，不也成了“不合时宜”吗？

# 36

## 见利忘义的百眼魔君

西游群妖中，我们时常看到一些闪光点，如铁扇公主对牛魔王、黄袍怪对百花羞的夫妻情，狮驼岭三妖精的兄弟义气，金角银角对老狐狸精、红孩儿对牛魔王的孝，金鱼精、花豹精对手下小妖的信，都足以令九天神佛汗颜，让人时有“人不如妖”之感。唯有这个百眼魔君，纯粹是个见利忘义的妖精，贪图唐僧肉，牺牲了七个妹妹。

盘丝洞前，七个蜘蛛精用蜘蛛丝擒住了“习惯性”自投罗网的唐僧，却被八戒调戏在前、殴打在后，还白白损失了一群昆虫类的干儿子，可谓得不偿失。偏巧唐僧一行随后来到蜘蛛精结义兄长百眼魔君主持的黄花观，蜘蛛精们自然央求大哥出手报仇，百眼魔君听说妹妹们被调戏不说，还挨了打，外甥们被杀了个干净，也是怒从心头起，用毒药放倒了唐僧三人，只逃走了孙悟空。可等孙悟空再次杀回，擒住七个蜘蛛精之时，百眼魔君却在蜘蛛精们求他放了唐僧、救自己性命之时说出一句：“妹妹，我要吃唐僧，救不得你了。”

至此，百眼魔君的人设彻底坍塌。我一直觉得，一只妖，只要还有一些人心人性，就能算得上修行有道。妖精大多由动物修行而来，得人身不知要花多少寒暑、费多少心血，但若只是徒有人类的外壳，没学到一点灵魂和精神，那真是白练了。人性也有丑恶，故有“人面兽心”之说，但丑恶的妖再加丑恶的人性，那便真是“兽面兽心”，堪称世界上最卑劣下流的东西了。

猴子是个从来不受别人威胁、只喜欢威胁别人的家伙，听说百眼魔君不肯交换人质，大怒之下立刻杀了七个蜘蛛精。吴承恩先生最为浓墨重彩，甚至连写几大段香艳诗词描述的七个美女妖精就这么香消玉殒了。

随后自然是一场恶战。令人惊讶的是，百眼魔君的“光芒万丈”完爆了孙悟空。既然有如此绝学，就算他先把唐僧放了换回七个蜘蛛，再捉回唐僧也是轻而易举，何必要牺牲七个妹妹呢？唯一的原因恐怕不是百眼魔君对自己的功夫不自信，而是在长生不老的唐僧肉面前，他什么都忘了！若不是妹妹们跑来告知他唐僧的“用途”，百眼魔君几乎要让天鹅肉从手上飞走，如今得了好处，就忘了一身法力足以制敌，忘了可以虚与委蛇再做打算，更忘了亲手葬送的亲情再也回不来。

最终，孙悟空请来毗蓝婆，用金针收服了百眼魔君，救出了师父。讽刺的是，百眼魔君那号称“一吃就死”的毒药，硬是让肉体凡胎的唐僧撑了两三天都没气绝！真不知道是主角光环太厉害还是他的所谓超级毒药太弱。遗憾的是，这段故事的结局并不像电视剧《西游记》那样，穷凶极恶的百眼魔君被正法，七个罪不至死的蜘蛛精皈依。原著中的蜘蛛精们早早被孙悟空打杀，百眼魔君反倒得了善终，被毗蓝婆收走了。但百眼魔君的所作所为，却像他的劣质毒药一样，永远成为了妖界的耻辱。

# 37

## 西行最难关狮驼岭之一：自以为是和妄自菲薄

《西游记》里难关无数，说起最难过的一关，我首推狮驼岭。一来狮驼岭三妖是西行群妖中最强的妖怪组合，完爆之前的“虎鹿羊三大仙”和之后的“三只犀牛精”；二来孙悟空曾得观音菩萨救命毫毛三根，在这里他居然一次性用光了——换句话说，相当于打游戏读存档用了第二条命才过关，难度可想而知。

狮驼岭上不仅首领厉害，小妖数量也是惊人的。之前什么黑风洞、白骨洞，小妖多的地方也不过数百，而狮驼岭上的小妖居然有四万八千之众，俨然是一支“正规军”的配置！连太白金星都特意下凡报信，还向悟空表示，想要救兵，十万以下的数量他可以直接批准。

就这样，唐僧带着必死的心情，流泪上路；沙僧照例一言不发；猪八戒还是见风使舵的货色，只要猴子有信心，他就保持乐观。于是，孙悟空自告奋勇先去打探消息，仗着自己的威名，先哄再吓，居然吓跑了八千妖兵，还成功打入了敌人内部——在这时，悲剧发生了，三大王大鹏鸟识破了孙悟空的变身，将其擒住，扔进了和青牛精

“神级法宝”金刚琢不相上下的神器“阴阳二气瓶”。

孙悟空在瓶子里大战了四十几条蛇，又恶斗了三条火龙，烧得腿脚都软了，可无论怎么变大变小变硬变软，就是出不去，也打不破这只瓶子，居然吓哭了！一向无法无天的猴子能对自己的前途绝望到哭出来，这是他被佛祖压到山下都没有发生过的事。猴子深感将死，破天荒开始反思起人生，感慨自己昔日名头太响亮，才有今日之失。的确，孙悟空武艺高强、声名远播，就连瓶子的主人大鹏鸟对他也有三分畏惧，不然不会想到联合比他武艺差远了的青狮精、白象精一起对付猴子，还甘愿让那两位做哥哥。但“善泳者多溺”，越是本事大，就越容易自以为是，孙悟空凭名号就能吓跑小妖数千，变身打进敌人洞府更是家常便饭。逞强惯了，也得逞惯了，哪想得到强中更有强中手，大鹏鸟只是抓住他一个笑脸，就看破了他的“雷公嘴”，又拿出了无敌的法宝，彻底让他走投无路。天地之大，哪里会有真正的“第一”？《说唐》里的李元霸可以秒杀“天下第二”宇文成都，还不是有老天收拾？骄傲自大、一失足成千古恨的下场足以为后人戒也！

不过猴子拥有主角光环，自然是有惊无险的。孙悟空使用了第二次机会，用救命毫毛变成金刚钻，钻破了无懈可击的阴阳二气瓶，逃出生天。

第一次过招可以说是死里逃生。飞到天上，看到一直在为自己祈祷胜利的师父，猴子十分感动，好胜心被大大激发，带着八戒二战狮驼岭。前面讲过，这被吴承恩遗忘了的大大王青狮精，之前已经下过一次凡了，这次变成了一位极没自信的窝囊大王，听说孙悟空打到门口，吓得魂不守舍，最后抱着必死的决心，勉强出战。这青狮精也不怕丢人，居然当着众部下表示：“我试着和他打三个回合，要是坚持不了，就赶快放唐僧走！”身为四五万妖精之首，面对猴子只有三合的信心，有这种心态，没打就输了一半了——其实西行群妖，除了白骨精，几乎就没有一个面对猴子连三合都撑不住的废物，连黄风怪帐下虎先锋这种二三线妖怪，都坚持了三五个回合。

果然，虽然毫无信心，但真打起来，青狮精和猴子却实打实战了二十回合不分胜负。这时候，猪八戒冲了出来，青狮精不愧是一如既往的窝囊废，和猴子二十回合战平的成绩都没给他提高一点信心，一看到冲出一头野猪，吓得魂都飞了，落荒而逃——身为一只狮子，被头猪吓跑，真是丢人丢到家了。

这一次，猴子算是试出了青狮精的分量，果断迎上，用老方法“钻肚子”，成功地进入了青狮精的肚子。青狮精和铁扇公主、黄眉怪，以及后面的老鼠精成了同病相怜的难友，被孙悟空把五脏六腑一通折腾，只得认输求饶。猴子还没整够，出来前又拿绳子系住了青狮精的器官，把这位大王当风筝放上了天，逼着妖怪集体投降服输。

这第二战打到这里，孙悟空算是大获全胜。但仔细想想，如果青狮精能拿出一点自信和沉稳，未必会输成这个样子。当年青狮精在南天门一口吞十万天兵的豪情壮志怎么看也不比大闹天宫的齐天大圣差，如今交手也并不逊色，何必始终畏畏缩缩呢？人活一口气，多少人超越极限，创下看似不可能完成的奇迹；但也偏偏有人，明明有十分的实力，以为自己只有五分，最后能发挥出来的还不到二三分。可以说，和自信心爆棚的猴子相比，这位兵精将勇的狮子大王完全是走上了另一种极端。事实上，不自以为是，也不妄自菲薄，能正确看待自己、看待对手才是科学合理的态度。

狮驼岭上前两战，孙悟空和妖精斗了个一胜一负，都展现了本事，也都暴露了弱点，以猴子的性格和青狮精的脑子，也许在此以后，他们还是会我行我素——一个继续骄傲嚣张，把阴阳二气瓶的惊险故事当作一次“意外”；一个继续低调懦弱，长他人志气灭自己威风，把敌人的实力无比放大。但只要同样存在这两种缺点的读者看过后，会有比猴子与青狮精更大的收获和感悟，狮驼岭的故事就有了不一样的意义。

# 38

## 西行最难关狮驼岭之二：义气和士气

孙悟空两战狮驼岭三妖，自认为总算是打服了对手，高高兴兴回去见师父，却看到唐僧睡在地上打滚痛哭（前面提过，自以为这是《西游记》里最传神、最有画面感的一处描写，特别是这个“睡”字大妙），八戒、沙僧在分着行李——原因是八戒以为猴子被青狮精吃下肚死了，于是撺掇大家散伙。

猴子这下气炸了，先是一耳光把猪头扇了个跟头，紧接着揪住一顿胖揍。电视剧里每每苦苦阻止猪八戒分东西的沙僧，在原著中分东西的热情可一点不比八戒差，只是低调一些，不做出头鸟罢了。果然，猴子专心打八戒这个“首犯”，“大智若愚”的沙僧已经悄然把散落一地的行李重新打好了包，扮起了老好人——论心机，个人认为沙僧可是三兄弟里的“大师兄”了！

这就是唐僧团队的凝聚力和士气。万千希望，全在孙悟空一人，猴子一旦有失，队伍即刻土崩瓦解。一来是唐僧领导无方，较为软弱；二来也可看出，猴子、猪头、水怪这三位师兄弟，缺少团队协作的意识和情谊。在八戒眼中，猴子都搞不定的事，自己也没啥可说的，随时打退堂鼓；在沙僧眼中，大家只是临时组织在一起，能继续西行自然都有好处，但实在走不下去了，也是没办法的事。这样的一群人，能取到西经，说实话已经是个奇迹了。若不是佛祖、菩萨、天宫诸神多次主动、被动介入，这个松散无力的小团队已经原地解散不知多少次了。但同样是三兄弟，同样是一支团队，狮驼岭三妖就好好给猴子四人上了一课。

二大王白象精眼见上一次猴子大逞威风，把大哥青狮精整得死去活来，一是心中憋屈，二是要替大哥报仇，在孙悟空离开后立刻反悔，带上若干小妖再来挑战。孙悟空心里感慨，和八戒说起妖精三兄弟如何义气。八戒是个好中激将法的，当即表示自己去会会白象精，只希望孙悟空用条绳子系住他，万一不是对手，好扯他回来。白象精的战斗力还是比猪八戒强了不少，七八个回合就杀败了猪八戒。八戒大喊一声“扯绳子”，掉头想跑，猴子却一把将绳子扔了——八戒只好在“被擒备忘录”上再加一笔。一面以“义气”为由激将，一面不讲“义气”，虽然只是为了捉弄八戒，但猴子如此行为也着实不地道。狮驼岭三妖上一次惨败，却不屈不挠、锲而不舍，结果既赢回来一场，又报了兄弟之仇；取经团队不图趁热打铁、再接再厉，却兄弟内讧、互相捉弄，结果白白减员，自损士气。一来一去，差距立现。

唐僧气坏了，一味指责起悟空兄弟全无相亲相爱之意，专怀相嫉相妒之心。猴子这才飞进洞府，搭救八戒，但救归救，旧怨犹在，无良又无聊的猴子还假扮成阴间鬼使，骗走了八戒辛苦藏在耳朵里的私房钱。

白象精一看人质被救，还折损了许多妖兵，抡枪大战孙悟空，故技重施用鼻子将其卷住。这次八戒倒是进步了，上次猴子被青狮精吞掉，他头也不回地逃走，这次眼看师兄被擒，大叫孙悟空拿棒子捅其鼻孔，让妖精无力再卷，猴子没接触过白象精，本来都被卷懵了，在八戒的提醒下才反应过来，依言行事，一举反败为胜，生擒了对手。这便是兄弟齐心，其利断金。若像之前那样各行其是，不讲义气、无纪律，何时也难成大事。

唐僧师徒到底是行善之人，看到白象精被擒后再次服软，就把他放生了。白象精还没回到洞府，却见青狮精、大鹏鸟已经带着妖兵来救他了。狮驼岭三妖虽然毫无信用、屡教不改，但说起兄弟情义，还是比较过硬的。第一次降服了青狮精，第二次又斗败了白象精，这两位已经彻底没了信心，决定感谢猴子不杀之恩，好好把唐僧送过岭去。但是最强的老三并不打算就此放弃，唐僧师徒的命运依旧风雨飘摇。

组建一支队伍，士气和义气都丢不得。没了士气，根本就打不赢仗；没了义气，打赢了也巩固不了成果。其实士气和义气本身也是相辅相成的，绝大多数团队成员的相处时间，都超出了与各自家人相处的时间，如果能以感情为纽带，变简单的合作关系为更深层次的友谊关系，团队就不再是单纯的以人为零件组成的机器，而是融入了更多感情因素的“活物”。在这种情义的驱动下，团队必然能焕发出更多的活力，激发出更多的主观能动性，而士气也势必得到提升。在成功时，士气高昂的团队可以继续开疆拓土；在失利时，只要这口气不散，还有东山再起的机会。狮驼岭三妖虽然连续受挫，但正因为这种基于义气和共同目标而形成的士气还没散，再次迎来了新的机会。

# 39

## 西行最难关狮驼岭之三：江山代有才人出

大鹏鸟是狮驼岭三妖中最强的一个，也是最想吃唐僧的一个。虽然两位结义兄长先后战败，他却毫不气馁，设下一条计策，假意送唐僧过山去，实际在路上埋下伏兵。因为前期工作做得逼真，唐僧四人上了当，在狮驼城边，虽然猴子及时察觉到风声有变，并第一时间做出了反应，但为时已晚，唐僧被伏兵一举擒下。三妖各自操起兵器，大战猴子三兄弟。《西游记》里第一次“3V3”的大战开始了，大鹏鸟对猴子，青狮精对猪头，白象精对水怪，一边是毕其功于一役，立志全歼取经团队，纵使唐僧已被小妖拿回洞去也不收手；另一边是屡遭失信诓骗，怒不可遏，急于救师父杀妖精，战况相当激烈！

这场惊天地泣鬼神的大战直打到天色渐晚，第一个掉链子的照例还是八戒，打起来短时间还行，打久了体力上跟不住，被青狮精一口叼走。沙僧比八戒多坚持了没几分钟，也被白象精连胳膊卷住活捉了——白象精也是个吃一堑长一智的“有心妖怪”，这次连对手的胳膊一起卷，就不会被捅鼻子了。猴子深知“1V3”毫无胜算，架起筋斗云就跑，结果遇到了生平仅有的比他更快的人物——大鹏鸟的移动速度太快了，猴子一个跟头十万八千里已经很霸道了，他扇一下翅膀就是九万里，两下就追上了。猴子大惊之余被一把活捉，团灭！取经团队自镇元子、金银角大王、黄眉怪三役后，第四次被团灭！第一次是遇到素质较高的大仙，还有余地；第二、三次孙悟空其实只能算是短暂被压制，很快就逃出生天，并用法宝来了个“反杀”；这一次可是彻头彻尾被妖精来了个一网打尽。最要命的是，猴子变大变小，妖精的爪子也可以相应变大变小，根本逃不掉！大鹏鸟先是用一招足以用在战场上的妙计，示弱在先，偷袭在后，随之又展现出高超的个人武艺，孙悟空这次输得实在无话可说。

唐僧、八戒、沙僧看见每每在外设法营救他们的猴子也被捆在身边，绝望地抱头痛哭。好在猴子最不怕被捉，只要不是被法宝制住，他随时可以变化逃走。这一次他先是请龙王用冷气护住蒸笼，保住师父师弟不被蒸熟，又用瞌睡虫迷倒小妖，救出众人，可惜他的对手太强大了，三妖岂能就此放手，群起而上，再度将唐僧一众擒下，只走了猴子一人。

大鹏鸟智勇双全，上次设下伏兵，这次又散出谣言，将唐僧秘密藏于保险柜，却传言已将其生吃。孙悟空悲痛欲绝，彻底绝望了——大鹏鸟这一招后面还有个苍狼精用过，也骗过了猴子，可谓屡试不爽！巧的是，苍狼精有一位同伙，正是狮驼岭沦陷时侥幸逃脱的小妖甲，也许正是这位小妖甲给新大王介绍唐僧师徒历史背景时启发了苍狼精，让他故技重施，还得到了提拔——这是后话。

绝望的悟空再次暴露了不讲义气的特点，觉得师父死了，没希望了，居然扔下还被捆在洞里的八戒、沙僧就走了，直接去找如来要求解除金箍。这还真是绝望中寻找希望，如来看到这 难把猴子快折腾崩溃了，及时透露了三妖的背景，并亲自带着文殊、普贤二位菩萨下凡收妖。

大鹏鸟又一次震惊了全场。面对如来、文殊、普贤这样强悍的神佛组合；在大哥、二哥已经开始准备变回宠物，回归主人怀抱的时候，他居然大叫：“咱兄弟一起上，乱刀砍了如来，夺了雷音寺！”正是“江山代有才人出”，五百年前猴子大闹天宫时不知分寸，就算叫板也主要是针对玉帝，五百年后的大鹏鸟不仅本领更强，心也更大，喊出“砍了如来，夺他寺庙”这样狂妄的言论。

士气不灭，犹有可为！大鹏鸟的豪情感染了生死与共的兄弟们，青狮精、白象精居然真的操起家伙直取佛祖！无奈剧情需要，文殊、普贤念动真言，青狮精和白象精顿时泄了气，缩在那里毛茸茸地卖萌，乖乖皈依了。兄弟被擒，大鹏鸟怒不可遏，飞扑孙悟空，如来用金光护住猴子，施法将大鹏鸟擒拿。

大鹏鸟虽然被擒，还是有谱可摆，原来他是如来的舅舅！话说如来曾被孔雀吃掉，破其背而出（原来佛祖也爱钻肚子，算是孙悟空的鼻祖了）。但是按照佛界的逻辑，过了一遍肚子，就算有母子之名了，佛祖只好给孔雀治好伤，还给她封了个佛母之名。大鹏鸟是孔雀一母同胞的兄弟，自然成了如来的舅舅。虽然这件事对如来而言很不公平，但没办法，各界都有自己的规矩，佛祖也不敢逾矩。大鹏鸟抓住这一问题，摆起了舅舅的谱：“你把我抓走，我吃不了人，把我饿死了就是你不孝了！”佛祖只得说：“舅啊，您看，我管着四大部洲，不知多少人瞻仰，以后只要是有供品，先紧着您老人家行不？”就这样，大鹏鸟华丽转身，成了如来的护法，还洗掉了以前吃下无数无辜百姓的案底，从此过上了不愁吃、不愁穿的幸福生活。

以往每当神佛们收走妖怪坐骑，孙悟空总喜欢耍几句贫嘴，占点嘴上的便宜。但这一次目送着佛祖带着大鹏鸟离去，书中并没有留下猴子一句话——其实到了这份上，也当真是没话可说了。大鹏鸟不愧是《西游记》里第一流的反派高手，心肠狠起来阴险毒辣，诡计层出不穷；脸皮厚起来拿辈分说事，无赖无耻。猴子按说也是久经沙场的人物，但和他比起来，差距实在有点大。这一场大战，论武功，猴子输了；论智谋，猴子输了；论“底气”，全《西游记》都输了——连如来都“挠头”的角色，全书再也找不到第二个了。

早已经习惯孤独的生活，再也唤不回曾经的自我，只能默默成就别人的成就。大路十万八，风景美如画，得救的八戒恢复了乐观的心态；沙僧也继续扮演起活死人；唐僧念着经，在马背上祈祷明天；第一次被人完爆的猴子依旧扛着棍子迈着六亲不认的步伐，心却已碎成了渣。

# 40

## 金刚钻和瓷器活

《西游记》里妖精无数，和孙悟空水平不相上下的也有一大把，但也许是吴承恩怕大家对这只被招安的猴子太失望了，总算安排了一些菜鸟，适时保住了猴子的英雄形象。

其中最让人无奈的要数南山大王了。这位大王是只花斑豹子精，虽然身为大王，但本事低微，带着小妖围殴八戒尚且难以成功，反被听到悟空远远一声吆喝的八戒奋起神威，一顿钉耙打跑，成为全书唯一一个败给猪八戒的大王，真是弱爆了。

如此低水平的妖怪，手下却有一位强将苍狼精。该狼先是用分瓣梅花计骗过猴子，活捉了唐僧；再把狮驼岭大鹏鸟的那招进一步完善，制造出唐僧已死的谣言，并一度用假人头击垮了悟空师兄弟的斗志，搞得孙悟空三人着实伤心痛哭了一场。

手下如此足智多谋，帮助自己实现了活捉唐僧的愿望，豹子精真该偷着乐了，可是他虽然守诺封苍狼精做了个先锋，但面对打上门来报仇的猴子和八戒，豹子精和众小妖们居然一致埋怨起苍狼精惹祸上身。就好像当初大家吃不吃唐僧都无所谓，只有苍狼精自己非要吃似的！最后可怜的苍狼精被逼无奈，硬着头皮和猴子决斗，壮烈牺牲。

豹子精的下场也没好到哪儿去，猴子等人火烧洞府，他刚睡醒就被八戒迎头一耙子打成了饼——为猪八戒的战绩添上了华丽的一笔。

曾有言：“没有金刚钻，别揽瓷器活。”豹子精就是眼高手低的典型。水平不怎么样，还一心想完成吃唐僧这么有难度的任务，最后只能是自取其辱。最可恨的是，好不容易手下用计擒住了唐僧，又开始恐惧打上门来的猴子、八戒，一点担当、一点气魄也没有，真是扶不起的阿斗。总有这样一些人，自不量力且不说，别人把饼喂到嘴边了还不敢吃，又可气又好笑。

那有了金刚钻，就可以揽瓷器活吗？我看也未必，这个倒霉的苍狼精本事是有了，聪明的孙悟空都被他玩了一次又一次，但有什么用呢？有个那么不能扛事的老大，还有一群“有福同享、有难你当”的同伴落井下石，到头来只能是孤军奋战——原以为孙悟空是最寂寞的，后来发现，苍狼精比他更惨。

任何时候，成就大事业总离不开一支优秀的队伍，单打独斗的个人英雄只是个传说。就连足球、篮球都越发强调起团队配合，强如梅西、C罗，在世界杯赛场上往往还是无力回天，更何况其他领域？而且团队的人数多少并不是最重要的，每位成员扮演好各自的角色，在关键时刻能心往一处使，才是重中之重。像豹子精团队这种“领导没有担当，同伴只会沾光，没事一起分享，有事风险自扛”的队伍，就算有十个苍狼精这样的骨干，一样难成大事。

所以，没有金刚钻，固然该安分守己，想自己该想的，做自己该做的；拿到金刚钻的，也应该掂量掂量，这是不是自己一个人的任务。做瓷器活，自己可以当先锋，但再强的先锋，也希望有一个可以让自己放心交出后背的兄弟，一个敢为自己撑起一片天的老大。

# 41

## 倒霉的凤仙郡

凤仙郡求雨，是《西游记》即将结束时的一个故事。故事极为简单，凤仙郡上官郡侯因为和老婆吵架，把给上天上贡的桌子推翻了，贡品让狗啃了，把正好经过的玉帝气坏了，于是连年不许龙王给当地降雨。孙悟空上下调停，把这事摆平了，求得一场大雨，解决了该地长期以来的旱情。但关键问题是，这个故事的价值观似乎被刻意扭曲了。

只是因为打翻了贡品，就要害得全郡受灾多年，这种“找茬式”的惩罚明明就是玉帝肆意妄为、小题大做；而凤仙郡这一关简直就像是众位神佛创意枯竭，为了让唐僧等人积累功德，强行安排的一场闹剧。但书中无论是孙悟空还是郡侯本人，都认为是凤仙郡的责任，是凤仙郡侯的不敬行为导致全郡遭灾。于是郡侯赶紧采取一系列顶礼膜拜仪式，发动全郡吃斋念佛才算了事。玉帝曾说，郡守如果行善，惩罚就会自动解除。难道顶礼膜拜，吃斋念佛就是所谓的“行善”吗？这种由神佛指定的行善内容是否属于强制性“行善”呢？

《西游记》起初充满着抗争精神，就算后来孙悟空被如来镇压了，还有一只只妖精怀着对自由的向往、对欲望的追求“前仆后继”，挣扎和斗争从来没少过。写到这里，作者却笔锋一转，巧妙地用一场没有挣扎的屈服让抗争精神彻底沦陷。

前面说，这个故事的价值观被刻意扭曲了，是因为我始终觉得，吴承恩作为一个伟大的作家，他的每一次安排绝非莫名其妙，而西游记的故事也并不是简单的拼凑和堆积。何以长期以来的抗争精神，偏偏在这时被扭转呢？孙悟空这个“民间代表”“正义化身”虽然被招安，但一路上面对“关系户”妖怪和众神佛的不作为，至少还是敢于发声的。为什么偏偏到了这里，开始和玉帝一个鼻孔出气了呢？难道孙悟空就真的和玉帝一样认为，郡守的一次无心之失有那么不可饶恕，要全城陪着受罪吗？

其实，猴子一点也没变，只是比以前更“聪明”了，也更“现实”了。从被压在山下五百年无一人探望，到两次被师父逐出师门；从一路上功劳无数反而不如会讨巧的猪头更得信任，到一次次眼睁睁看着罪大恶极的妖怪被背景显赫的主子带走洗底，猴子长大了。他终于明白了，人定胜天始终是个理想。

所以，孙悟空起初是情绪激动，决定替凤仙郡老百姓讨个说法的，后来才发现事情没有自己想得那么简单，等到在天庭听四天师讲了玉帝不给凤仙郡降雨的理由时，已经“大惊失色，再不敢启奏，满面含羞”。他惊的不是凤仙郡守居然犯下这么大错——这种错和大闹天宫比，连渣渣都不算。惊的恐怕是自己一听郡守诉苦，又犯了逞能的老毛病，差一点又触怒了玉帝，给这个可以做出终审判决的最高裁判留下糟糕的坏印象。所以才不敢造次，甚至连玉帝的面都不敢见，仓皇而退。想起那曾经叫着让玉帝退位的齐天大圣，已经变得如此小心谨慎，真让人唏嘘。

和玉帝叫板是万万不敢了，可是保证求到雨的牛皮已经吹出去了，事情还是要办。玉帝的指示中表示，只要凤仙郡做善事，还有情面可讲。可是怎么让他们做善事呢？以玉帝这种变态的价值标准，什么样的事才算得上“善事”呢？悟空不愧是个聪明的猴子，他立刻想到了佛祖。佛祖是什么人，是至高无上的高人，是自己大闹天宫时唯一一个替玉帝真正解决问题的人。他的面子，玉帝是一定会给的。不如让郡守带着全郡人民一起烧香念佛吧！——于是，凤仙郡上下顿时成为虔诚的佛教徒，做了如来的门人。这一招果然好使，孙悟空再上天庭时，天王直接告诉他，不用见玉帝了，直接去拿降雨文书吧，事情已经搞定了。凤仙郡已经集体拜了如来的码头，玉帝自然不好再行惩罚。孙悟空借力打力，这条计策用得真高！

于是，在凤仙郡，我们无奈地看到，无论是贤明爱民的平凡人类上官郡侯，还是曾经最喜欢抗争、最放荡不羁的齐天大圣孙悟空，只剩下对神明的无原则礼敬、对命运的无原则屈从。当然，事情得到了圆满的解决，猴子的转变谁都能理解，我们也深知，如果孙悟空还是当初的那个美猴王，结局反而未必能这么皆大欢喜。整个过程中，只可怜了饱受三年大旱之苦的凤仙郡无辜百姓们，“大小人家买卖难，十门九户俱啼哭。三停饿死二停人，一停还似风中烛”。不知道有没有人会在心里小声嘀咕，难辞其咎、不肯行善的到底是郡侯，还是那小心眼的玉帝呢？

# 42

## 行百里者半九十

离开凤仙郡后，在唐僧的高度评价和八戒、沙僧的恭维之下，孙悟空越发志得意满，眼看离西天越来越近，多少妖魔都战胜了，多少人间疾苦都化解了，就连唐僧也渐渐乐观起来，师徒一行在相当融洽的氛围里来到了玉华县[1]。由于此间之主是天竺国贵族，一向贤明礼佛，唐僧师徒一洗连日疲劳，精神状态放松了许多。人毕竟不是机器，谁也不可能长期疲劳作战，可是取经之路注定处处是陷阱，稍一松懈就可能诱发意想不到的风险。

玉华国主[2]和其他地方的国王差不多，对唐僧的经历十分钦佩，招待也很周到，当然也和其他人同样，被唐僧的三位怪兽徒弟吓得不轻。他的三个儿子看到老爹脸都白了，很不高兴，大声吆喝着去降妖捉怪。

也该着猴子、猪头和水怪传授衣钵，看到这三个小王子手中兵器，大家都乐了——大王子使棍，二王子用钉耙，三王子拿了个乌油

1　天竺国下辖的州县

2 《西游记》原著中的称谓

棒，和孙悟空、猪八戒、沙僧的兵器完全一样，连顺序都一致！

这里特别要说一下沙僧的兵器——降妖宝杖。受电视剧影响，人们通常认为沙僧的兵器和《水浒传》里鲁智深的一样，是一边月牙、一边铲子的铲杖。其实不然，原著中十分明确：沙僧的武器和三王子一样。可见降妖宝杖应该是一柄乌黑色的棍棒类武器，大概和《射雕英雄传》里飞天蝙蝠柯镇恶用的东西更为接近，而非鲁智深的月牙铲杖。

言归正传，三个王子在见识了三把神级装备的不凡之后，再也不敢造次，非常恭敬地请求孙悟空师兄弟收其为徒。孙悟空三人也乐得成就这场难得的缘分，在玉华国主的盛情张罗下，师兄弟三人规矩地按照中国古代拜师礼仪，先禀明师父、论清辈分，得到唐僧的同意后，才正式收下徒弟。

由于三位王子毕竟是人身，无法使用神器，孙悟空师兄弟先给他们注入了神力，呈几何倍数提升了三人的臂力，随后又将兵器借出，让玉华县的能工巧匠照样子打造三把轻一些的给王子们日常使用。

故事至此，一直是一派祥和之气，但孙悟空师兄弟显然是大意了。徒弟的恭维、全县君民的爱戴让他们放松了戒备，却不料附近豹头山上的妖怪被这三件兵器的霞光瑞气吸引，趁着照样子打造兵器的工匠们睡觉之时，卷起一阵狂风，把放在制造现场的三件神器全数抢走。

次日清晨，整个玉华县炸了，从国主到工匠，全都吓傻了。武器对一名战士而言，犹如生命。如《三国演义》里的典韦，之所以被围殴致死，就和趁手武器双铁戟被盗走有直接关系。玉华县一向治安良好，百姓安居乐业，从未发生这么恶劣的盗窃案。孙悟空开始反思：“还是我们的不是，既然看了式样，就该收在身边，怎么却丢放在此！那宝贝霞彩光生，想是惊动甚么歹人，今夜窃去也。”睡了几天懒觉的猪八戒却依旧懵懵懂懂，一口咬定是工匠们把东西偷了。工匠表示自己根本扛不动，猪八戒马上推断必然是外面有接应，协助运输，把工匠们难为得磕头大哭，发誓绝无此事。玉华国主亲自担保后，还是孙悟空反应快，想到也许是附近妖魔作祟。

人在舒适区待久了，警惕性和危机意识都会变弱。孙悟空师兄弟历经磨难，好不容易得到喘息之机，也不可避免地懒散了。这次失误，确实是他们的放松导致的。

好在，丢掉的只是兵器。孙悟空带了八戒、沙僧去找妖怪算账，少有的形成三打一，仗着人数优势击败了偷东西的黄狮精，夺回了兵器。但如果妖精当夜并不仅仅满足于偷兵器，而是有更大的企图、更高的手段，或行刺客之事，恐怕就没有这么简单了。

有句古话叫“行百里者半九十”。都接近成功了，没有人会主动放弃，但精神上的那根弦，却不一定还能保持紧绷着的状态。黎明前的黑暗，是最令人心痒的，仿佛离天亮只有一步之遥，可只要还在夜里，就还谈不上光明。

比起猪八戒的愚钝，更有责任心的孙悟空显然清醒得早些，放弃盘问工匠，果断联想到妖怪，及时采取行动，才算有惊无险过了这一关。这也给我们提了个醒，当发现失误导致损失之时，要抓紧让自己清醒、冷静下来，仔细分析，尽最大可能及时止损，而不是像猪八戒那样自以为是。若是没有孙悟空，他就算把玉华县工匠全都打死，也找不回自己的如意钉耙。

最后，凶狠好杀的孙悟空师兄弟没有放过小偷的洞府，把黄狮精的家眷和部下小妖几乎杀了个光，引出黄狮精的爷爷九头元圣带着一窝狮子（共七只）来报仇。

偷兵器的黄狮精顾名思义，就是一只常见的黄毛狮子。其他六只分别为猱狮、雪狮、狻猊、白泽、伏狸、抟象。我们借此机会也了解一下这一窝狮子都是什么品种。

猱，本来是指擅长跳跃的长毛猴子。曹植《白马篇》有云：“仰手接飞猱，俯身散马蹄。”猱狮大概就是一头毛发发育较好的长毛狮子。雪狮比较简单，肯定是头白色狮子，现在也有这种基因变异的动物，在一些地方的动物园即可看到。

狻猊、白泽则是古代神兽，根本就不是狮子，只是形象类似而已。狻猊据说是龙生的九个孩子中的一个，长得很像狮子，喜静不喜动，爱闻烟火味，常出现在香炉上。《水浒传》中有一位好汉邓飞，外号就是“火眼狻猊”。白泽据传能说人话，通万物之情，在诸多民间原创神兽中，属于精通语言学、人类学，知识渊博且非常讨喜的一只瑞兽，地位崇高。有些古画里把它画成麒麟的样子。

最后的伏狸、抟象就没有什么权威出处了。一些资料显示，伏狸可能是一种小型猞猁类动物，虽然个头小，但攻击力很强。“抟”有“揉搓成团”的意思，抟象大概指的是能和大象搏斗的狮子，估计是个块头比较大的力量型狮子吧。

说完小辈，说长辈。身为众狮之王的九头元圣本事不小，九个脑袋同时操作，一下子就把唐僧师徒连同玉华县高层抓了个七七八八。可是这个妖怪和其他很多妖怪一样，容易在终点线前“掉链子”。找了几个本事低微的手下捆着猴子，想每天拿鞭子抽一顿过过瘾。猴子一向最不怕捆，很快就逃出生天，最后找到了正主元始天尊，请这位大神收走了坐骑九头狮子。其他那些小辈狮子则没有这等运气，给人当了半天孙子，也没落得好结局，全数被歼灭。

所以说，放松懈怠、乐极生悲的教训不止是对孙悟空师兄弟说的，妖怪也在犯同样的错误。只不过主角光环之下，妖怪的松懈大意总是致命的，猴子们则必然还有弥补的机会。

小说中的结局自然是皆大欢喜的，但现实中没有谁是“主角”，也不可能有人独被命运垂青，倒在终点线前的悲剧还在一次次上演，让人扼腕。玉华县的一场虚惊，着实该让我们出一身汗，居安思危，警钟长鸣。

# 43

## 美中不足的大战犀牛精

《西游记》是一部名著，有太多值得思考、推敲、再三品味的地方，但任何作品都不是完美的，如果鸡蛋里挑骨头的话，青龙山大战犀牛精的故事应该是全书最乏味的一段。

犀牛精共三人，辟寒大王、辟暑大王、辟尘大王，这个组合一出场就让人想起了难缠的狮驼岭“三人组”，从而精神一振。他们出场的方式也很有章可循，是化作佛形于云端，骗唐僧上了钩，这和黄眉怪设小雷音寺有异曲同工之妙，足见其睿智。

然而就像近年来国内影坛诸多阵容豪华的“大片”一样，一个贩卖情怀的“怀旧”开头之后，故事突然变得平庸起来。孙悟空先是孤身追击，以一敌三，打成平手。变飞虫救出唐僧，却因寡不敌众又被妖精抓走了师父。得到八戒、沙僧帮忙后，“3V3”的团战反而比之前的以一敌三表现更差——八戒、沙僧被群起而上的小妖捉走了。最后回到老套路，猴子上天请来援兵，轻松将对手消灭（援兵中有一位是当年的“黄袍怪”奎木狼，这位兄台仿佛被洗了脑，对前尘往事只字未提，和孙悟空也没有任何单独交流叙旧）。整个过程平平无奇，既没有光怪陆离的法宝大显神威，也没有斗智斗勇的过程让人回味，好像什么桥段都有了，但细细想想，就像一次生硬的嫁接，只是强行拼凑的结果，没有任何新东西和新启示。

西行战群妖，虽然不可避免有雷同、有重复，但总体而言，每一次经历都会有自己的特色。为何大战犀牛精给人的感觉像是为了给“八十一难”凑数呢？我想大概是疲劳作战的结果吧。明朝时期没有电脑，写东西不能存盘，找前面写过的内容很不容易，写长篇小说的难度更是可想而知。之前说过，罗贯中也把《三国演义》里人物的年龄弄得前后不一致。吴承恩虽然博闻强识，也犯过让青狮精两度下凡这样的错误。写到犀牛精，其实已经是倒数第二组妖怪，后面只剩一个玉兔精就剧终收工了。相信作者到了这个时候，精力、体力、灵感、创造力也已经达到了极限，要他再推陈出新，确实有些强人所难。

从书中一个细节也不难看出，作者有可能是累了。那是悟空初战三只犀牛不胜，回到寺庙找到八戒、沙僧之时。猴子累了一天，表示明早一起再去战妖怪，一向没几句台词的沙僧居然说恐怕师父危险，要连夜就去；而一向懒散的八戒也当即呼应，大力支持，最后三人连夜再度前往敌营。这种一反常态的描写不禁让人觉得，连一向不积极的八戒、沙僧都急了，忍不住想快点结束这一章，演完自己的戏码好杀青，大概吴承恩确实快写不动了吧。

再好的车手也禁不起长期的疲劳驾驶，何况创作是需要灵感的工作。穷困潦倒之际，每每触动文思；身心俱疲之时，却是难有突破。为了让自己的工作、生活更有质量，合理调整自己的时间表，让自己在状态达到峰值的时候做最该做的事，大概是这个故事里我最大的收获吧。

最后说一个小插曲，作者笔下三头犀牛手下的小妖都是牛精，包括山牛、水牛、黄牛等。山牛是个啥暂且不说（根据“山猪就是野猪”同理类推，大概是指野牛吧），这水牛、黄牛好像和犀牛并非一种啊。按“门纲目科属种”分类，犀牛是奇蹄目，黄牛、水牛都是偶蹄目，从“目”上就早早分家了，二者唯一的共同点是都属于哺乳纲，不知道这是不是吴承恩的冷幽默。其实反正要剧终了，不妨再玩high点，把所有叫“牛”的都加进来，搞些个天牛精、蜗牛精、海牛精当小妖，一定比小钻风、奔波儿灞他们还萌。

# 44

## 《西游记》的女性歧视

中国传统文学作品中，除了《红楼梦》《镜花缘》《金瓶梅》等少数几部之外，女性角色大多算不得主流，这和封建男权社会的影响是分不开的，毕竟整个中国古代史都是以男性为绝对主导的。而且在很多作品中，女性人物的形象大多平平，就算有些法力强大或者武艺高强的人，也始终只能算二流高手，总要被其他更强的男性高手力压一头。

但是客观来说，提起封建时期的女性歧视，与西方国家相比，中国更尊重女性一些。特别是作为明媒正娶的妻子，既有“三不去”等制度给予法律保护，且正妻在一个家族中享受的权利和地位也相当不错。到了隋唐时期，女性的地位更是达到巅峰，不仅出了女皇帝、女官员，在民间一样可以反潮流而行之，女性不再单纯处于被动和从属的地位，甚至可以通过“和离”，休了自己的丈夫。但随着宋代一些大儒颇有争议的学术观点占据了主流，女性地位开始不断下降，至今仍有不少女性唾骂宋明理学对女性的迫害。

《西游记》成书于明代，此时宋明理学已经完全钳制了人们的思想，在很多学者看来，明代堪称中国社会最黑暗、人性最卑劣的时期，伟大如《西游记》这样的作品中，也毫不掩饰地透露出对女性的压制和贬低。

书中最早登场的女性应该是唐僧的母亲殷小姐，这位相国家的千金在母子相认、报了杀夫之仇、自己老公又被龙王救活、一家人大团圆的情况下居然选择了自杀——理由是被贼人强占了十多年，没脸再见人，于是“从容自尽”。而孙悟空这么藐视一切、无拘无束的人，在救回乌鸡国国王、赶走青狮精之后，最关心的问题居然是质问文殊菩萨：“这狮子变成皇帝模样，污了三宫娘娘，坏了多少纲常伦理！”直到菩萨告诉他这狮子是只“太监狮”，才肯作罢。同样的一幕发生在朱紫国，紫阳真人为了怕金圣娘娘被赛太岁捉去强暴，送了她一身软猬甲一样的衣服，脱不掉、拿不走。这样固然保住了娘娘清白，是件好事，但总让人觉得，其实他要保住的，是那个时代里人们对女性苛刻的束缚和要求。况且金圣娘娘落入妖精手中三年，住在潮湿的洞穴里，穿成这样子，恐怕从来都没有痛快地洗过一次澡，这实在是太不人道了。

在那个年代，一个女子，就算再不情愿，只要被除老公外的男人沾了身，就该以死明志。要是放在现在，相当于挤地铁被男人碰了胳膊，就得拔刀断臂，没有人管你是不是受害者或者被动的一方。这种混蛋逻辑和另类暴力，不知道毁了多少女人的幸福，压抑了多少自由的灵魂。

除了像殷小姐、金圣娘娘这类弱势女人之外，《西游记》书中几乎所有的女性妖怪，都被描写为淫妇，变着花样要强奸唐僧，“耍子去也”。似乎在作者眼中，女人追求爱情的唯一目的就是性。这应该不是吴承恩一个人的观点，而是代表了当时中国男性的整体认知，只要是坏女人，便是“水性”，淫荡的化身。

说起女性，《西游记》和《水浒传》等同时期经典文学著作如出一辙，把女性简单粗暴地分为三类：一为弱势群体，但即便再弱，也被要求守身如玉，不然就不是好女人。二为淫妇一天到晚就想着勾引男人。三为悍妇，可以和第二类有交织，但攻击性更强，如蝎子精、孙二娘之类，反正也不是什么守妇道的好女人。

名著再经典，也难逃时代的局限性，要怪的不是吴承恩、施耐庵他们，也不仅仅是从朱熹以来鼓吹理学的文人，而是制造出这种价值观和社会氛围的时代背景。

就拿贞操观来说，其实宋以前的中国社会，男性对女性是否为处女、有过多少性经历，根本没有那么多“洁癖”，古时夫死改嫁者大有人在，甚至还有很多名流都是“人妻控”。曹操、曹丕父子文武双全、名扬四海，就都偏爱他人的妻子。被后世奉为武圣人的关羽，也曾在随曹操灭吕布后，向曹操索要吕布部将秦宜禄的老婆为妻。

那么问题来了，为什么先秦诗歌中，有那么多女性大胆追求自由、爱情的故事？为什么在五胡乱华到开元盛世数百年间，有那么多活跃在政坛，甚至战场的女强人？为什么宋以前的女性就没有被打压呢？

难道只是区区一个理学，就彻底扭转了社会风气吗？恐怕不尽然。理学影响再大，其主旨思想肯定也不是在谈如何压抑女性地位。程、朱等人如果就这点小追求，也不会至今留名了。女性歧视的由来，还得从历史、社会变化的角度来分析。

有学者曾指出，宋以来国家在军事、政治上的长期弱势，使得不断丧失自信的汉民族男性只有通过虐待、折磨比他们更好欺负的女性来找寻心灵的平衡点，是这种畸形的“痛苦转嫁”导致了女性地位的日益弱化，这种观点也不无道理。

翻开历史，我国以中原地区为代表的人们，自古以来多不好战，本性老实憨厚。春秋战国时战场疆域有限，基本是“人民内部矛盾”。匈奴虽凶狠，最多只是祸害到边境线一带。直到西晋末年，五胡乱华，外族彻底打进了中原大地，传统的中国人第一次感受到了毁灭性的灾难。但当时鲜卑人建立的北魏以飞快的速度汉化。就算是在战场上，从祖逖北伐到陈庆之的“白袍军”，更不用说淝水之战，汉人在与外族的直接对话上，拿得出手的成绩着实不少。汉人虽失去了北方土地，却从没有失去尊严。之后隋唐盛世几百年自不必说。唯独北宋以来，从建国时就没有真正实现统一，燕云十六州自五代时期被石敬瑭卖给契丹之后，直到南宋被灭都没收回来过。战场上，宋太宗御驾亲征，曹彬、潘美、杨业等开国名将齐集，几乎被辽国契丹人打得全军覆没（别被《杨家将》《呼家将》糊弄了，那是小说），太宗乘坐一辆驴车才侥幸逃命，得了个“高粱河车神”的名号。只有个岳飞，勉强打出了一点汉人的威风，但第一，他的表现没有小说中那么神；第二，岳飞不到四十岁就无辜被害，也没机会创造太多辉煌。二百年来，汉人的自信心和进取心不断受到摧残和打击，陆游曾写下“南望王师又一年”的无奈诗句。也正是在这样没有盼头、没有希望的折磨下，国人那日益欺软怕硬的劣根性被激发了，再加上被游牧民族从思想上吓“萎”了之后衍生出的变态文化，作用在了当时体力、智力开发程度还远远不足的女性身上。

《西游记》的女性歧视，源远流长，但好在时代永远在前进，任何一种历史的悲哀，终究会随着更进步思想的到来被斧正。

# 45

## 爱过唐僧的女人们

唐僧是《西游记》里绝对的第一帅哥，从二十出头的俊美青年到四十多岁的稳重型男，一路上让无数美女一见倾心。提起爱过唐僧的女人们，总结起来共有以下几位。

首先出场的是女儿国国王，女儿国国王当听说从东土来了个和尚，就开始和百官商议起婚事了。等见到真人如此伟岸，更是一发不可收。唐僧听了悟空的计策，先是假装屈从，等倒换了关文，立刻翻脸不认账，转身告辞。整个过程干净利索，远不及电视剧中那么缠绵悱恻。女王后来知道唐僧一众并非凡人之后，也自觉惭愧、知难而退了。这一场感情好似很多人经历的初恋，女儿国国王虽然是个标准的白富美，却因始终未经历过男人，只如情窦初开的少女，单纯而洁净。而这段姻缘也终究因为时机不合、缘份未到，化成一场空。

紧随其后的是蝎子精。唐僧的前两次桃花劫是紧挨着的，女王还在被唐僧翻脸毁婚的打击惊得缓不过神，蝎子精已经悄然而至，卷起一阵旋风把唐僧抢走了。这只蝎子是个典型的强势女性，走的是标准的大姐大路线，捉到唐僧后就欲非礼，百般挑逗，极尽妖媚之能事。

唐僧死命坚持，挣扎了半夜也不肯屈从。蝎子怒了，毫不怜香惜玉地把唐僧捆了个结实（整个过程中，二人的性别好像搞反了，蝎子精分明是个想霸王硬上弓的土匪，唐僧倒像个三贞九烈的节妇）。孙悟空打上洞，完全不是蝎子精的对手，受伤逃走，直到最后请来克星，才镇压了这位武艺高强的“御姐”。这场感情来得猛烈，去得干脆，充满激情，蝎子精展现了与女儿国国王完全不同的一面，她性感热辣的风格足以让绝大多数男人拜倒在石榴裙下，却还是没能征服唐僧。

第三个出现在唐僧取经路上的女人是杏仙，此人有点像如今的文艺女青年，和她的一群树妖朋友同为高品位、高学识群体。她和饥不择食的女儿国国王、强调性爱的蝎子精都不一样，是因为仰慕唐僧的文采，被他出口成章的才情折服，再加上众树精的煽风点火，才有下嫁之意的。在经历了女儿国国王、蝎子精之后，唐僧的定力提升了不少。这次面对的又是相对温柔、颇懂礼数的知性小清新，自然更加义正词严。这场感情因才生情，却终于有才无情。对唐僧而言，对联赋诗、风花雪月只是游戏，只有取经才是它不可动摇的理想。最后八戒赶来，不分青红皂白，一顿钉耙终结了这群雅士的生命。在粗人面前，任你才高八斗也是有理说不清，也是风雅之士的悲哀吧。

第四位是老鼠精。老鼠精扮作美女，被捆在树上，唐僧仗义相救，从此老鼠精芳心暗许，虽然她用计骗过孙悟空，捉走了唐僧，却始终不愿加害唐僧，软语温柔，还特意费心思给唐僧准备了一席素斋，希望能通过自己的一片柔情感化这个虔诚的取经人。唐僧几经磨难也学精了，按孙悟空的指示哄骗起老鼠精，连“娘子”都叫出了口——要知道，面对前面那几位，他可是几乎连话都不敢说的。最终，老鼠精被干爹托塔天王李靖镇压，但她对唐僧的感情，比之前的几位都深，就算几乎被钻进肚子的孙悟空折磨死，也痴心不悔。这场感情因恩生情，却也终结在有恩无情。白毛老鼠念恩德，供奉李天王和哪吒的牌位，却暴露了自己的出身，让孙悟空顺藤摸到了瓜。混迹政坛多年的李天王在干女儿和地位面子中毫不迟疑选择了后者。

最后一个是玉兔精。兔子的目的很单纯，就是为了吸取唐僧元阳，以助自己成仙，所以下了一盘很大的棋，又是变成了天竺公主，又是抛绣球故意打中唐僧，可谓费尽心思。但最终还是被悟空将计就计，救出真公主，又引来她的主人嫦娥，将其收服。这场感情是一次彻头彻尾的计划式恋爱，玉兔精并不算坏，她以公主的身份给唐僧驸马的荣华富贵，同时自己又得到成仙的机会，两不吃亏。

综上所述，唐僧经历的五个女人虽然无一例外想要得到他，但风格、性格、目的却是各不相同的。

《西游记》成书于明代，当时的婚配还是标准的父母之命、媒妁之言。先结婚、再恋爱，先有性、再谈情。可经典就是经典，吴承恩似乎超前预测出了数百年后的婚恋状况。对于现在很多男人来说，唐僧的“情路”，不正是自己的情路吗？

女儿国国王代表了那个懵懂时期的初恋对象，也许是邻家小妹，也许是校园同学，其实并不算彼此了解，只是想谈场简单的恋爱，甚至也许连“在一起”之后干什么都没想过，爱得单纯而执着，却像娇艳的花朵，虽然不可方物，终究难以长久。

青春期里的男人荷尔蒙分泌旺盛，大多会被妖艳的女人吸引。于是告别了初恋的男人们，迎来的第二个女人往往是最性感的那一类，就像妖冶奔放的蝎子精，因“性”相吸，因“性”而爱。只不过当激情散尽，这样的感情也就所剩无几了。

过足了瘾，男人很少愿意承认自己只是下半身动物的，于是总会试着和知性、文艺如杏仙那样的女人交往，既彰显自己的文化修养，又证明自己的感情不只有肉欲，还有些精神层面的追求。但生活往往并不文艺，当柴米油盐取代了诗词歌赋，人们只好带着幻想的破灭，在现实面前低下头，以一句“性格不适合”终结这场浪漫。

在连续的失败中，男人们逐渐成长，已经不再天真地追求心中虚构的那种完美女人。岁数和阅历让大男子主义迸发，英雄情怀作祟，往往会格外关注起老鼠精那样能激起自己保护欲的弱女子。温柔、体贴、小鸟依人，这大概才是最好的吧！可安全感往往只能满足虚荣心和成就感，却带不来新奇的刺激和有力的协助，到了安家立室的阶段，谁会甘心只找个“花瓶”摆在家里呢！

最终，男人们彻底放弃了幻想，变得务实起来，于是相亲成为很多大龄人士择偶的必经之路。为婚姻而婚姻，本着各取所需的态度，选择一个玉兔精一样的女人，把身高身材、学历阅历、财力家世、朋友资源摆一摆，看看交换起来划不划算，如果能凑合着满意，实现双赢，就握手成交（成家），搭伙过下去吧！

所以，男人的心中始终会有女儿国国王的影子，也会为和蝎子精的激情久久回味，也许偶尔想到和杏仙那不沾风尘的精神恋爱而哑然失笑，也许为“护”过老鼠精那样一个软妹子而沾沾自喜，最终却被迫和玉兔精坐在咖啡厅里彼此自卖自夸……但无论如何，经历过，总是美的。

其实，唐僧也一样。

# 46

## 家畜和野怪的区别性待遇

写了这么多，西游群妖已经纷纷亮相，也是时候盘点一下了，这一章就作为西行路上妖怪们的总结篇吧。

西游十万八千里，唐僧师徒遇到的boss级大妖怪依次有：黑熊精、黄风怪、白骨夫人、黄袍怪、金角大王/银角大王、青狮精、红孩儿、鼍龙精、虎力/鹿力/羊力大仙、灵感大王、青牛精、蝎子精、六耳猕猴、铁扇公主、牛魔王、九头虫、众树精、黄眉怪、蛇精、赛太岁、众蜘蛛精、百眼魔君、青狮/白象/大鹏、鹿精、老鼠精、豹子精、众狮子精、九头元圣、辟寒/辟暑/辟尘大王、玉兔精，共计30批次。

这30批次妖怪可以分为两类，一是众神佛家畜、坐骑（甚至本人，如黄袍怪是天宫星君奎木狼）；二是野怪，即自行修炼成精者，类似于千年蛇妖白素贞这种的。下面我们来看看这些妖怪的结局。

众神佛家畜、坐骑（含本人）有：黄风怪、黄袍怪、金角大王/银角大王、青狮精、灵感大王、青牛精、黄眉怪、金毛犼、白象精、大鹏鸟、鹿精、金鼻白鼠、九头元圣、玉兔精，共13批次，死亡率是惊人的0！也就是全活下来了。存活方式大体雷同，均是孙悟空甩开大棒子要打他个桃花朵朵开之时，其主人高呼：悟空（嘴甜或者给面子的叫“大圣”）棒下留人！最后带走完事。看看这些妖精的主人吧——如来佛祖、弥勒佛、观音菩萨、文殊菩萨、普贤菩萨、灵吉菩萨、元始天尊、寿星、托塔天王等等，都是大咖！哪一个悟空惹得起？无论是青毛狮子两度下凡为妖、一犯再犯；还是大鹏鸟吃光一国良善，最后都性命无忧。谁说《西游记》是神魔小说？说他是明代纪实文学也不为过！而且这些妖精在主子的庇佑下，个个生命力极为顽强，记不记得银角大王被孙悟空装进了具有“速溶”功效的紫金红葫芦，居然撑了好几天，到主子来救时还没化为浓汤，实在是非常了得！

再看看野怪，有黑熊精、白骨夫人、红孩儿、鼍龙精、虎力/鹿力/羊力大仙、蝎子精、六耳猕猴、铁扇公主、牛魔王、九头虫、众树精、蛇精、众蜘蛛精、百眼魔君、豹子精、众狮子精、辟寒/辟暑/辟尘大王共计17批次。其中黑熊精、红孩儿蒙观音菩萨看中，百眼魔君被毗蓝菩萨看中，分别带走；铁扇公主毕竟是人身，且并无任何原则性过错，被释放；牛魔王被带走，下落不明。除了这5位之外，其他12批全部被杀，死亡率高达70.6%！这就是野怪的悲剧结局，一句话，没有背景的妖怪，打死也就打死了。

看着这无情的统计表，我觉得什么都不用说了。

# 47

## 可爱的小妖怪

《西游记》里除了boss级大魔头，还有很多小妖怪，名字大多古怪稀奇，虽然论功夫不值一提，但往往很好地扮演了插科打诨的角色，或是直接推动情节发展的线索人物。近年来，随着各种恶搞风扶摇直上，许多《西游记》里的小妖怪也得到了更多人的关注。

首先登场的是狮驼岭"好员工"——小钻风甲。小钻风甲是狮驼岭上的一名专职巡山员，和其他巡山员一样，拥有一个同样的名字，即"小钻风"。在一次奉命巡山的过程中，小钻风甲遇到了孙悟空，虽然三番五次对孙悟空的身份提出质疑，但毕竟难挡孙悟空超强的变化能力，最终被骗住，还把他当成了新长官"总钻风"，带着一干兄弟老老实实接受猴子的突击式"业务考核"，被诈出了三个大王的档案信息和狮驼岭的详细情报。孙悟空一向是心头火起就要杀人的主，听说三个妖怪要算计自己，一怒之下把小钻风甲打成了肉饼，打完也觉得有些于心不忍。诚实的小钻风甲工作认真、业务熟练、兢兢业业，落得如此结局实在有些可怜。在新版电视剧《西游记》里，小钻风被塑造成一个金毛小怪兽的形象，唱着一首叫"大王叫我来巡山那啊”的主打歌，虽然歌词简单直白，曲调毫无美感，但给人印象十分深刻。数年后，在网络上以搞笑短片成名的“万万没想到”团队在拍摄大电影《万万没想到·西游篇》之时，将这首“巡山歌”改成了一首充满节奏感的洗脑神曲，取得了比电影更讨喜的效果。

第二要提的是平顶山“商才”——精细鬼、伶俐虫。这两只小妖怪是一个快乐的组合，听名字就知道他们很有些小聪明。二人奉金角、银角大王之命，拿着平顶山的宝葫芦、玉净瓶去收被银角大王压在山下的孙悟空，哪知道孙悟空已经脱身，变成个道士，拿了个巨型葫芦，号称可以装天，还在玉帝等人的配合下现场演示了一下。两只小妖惊呆了，自作主张，拿两样宝贝换了孙悟空的假葫芦，结果自不必说，一场悲剧。不过金角、银角大王毕竟是天上童子下凡，不比寻常的飞禽走兽，心胸宽广，对两只小妖怪打也没打、骂也没骂，就这么算了。

第三个登场的还是一对组合，也是近年流传度颇广的“奔波儿灞、灞波儿奔”。这两位的职业精神比起小钻风差太多了，他们的任务是根据万圣龙王和九头虫的指示，在祭赛国留意唐僧师徒的动向。俩人可能觉得工作太无聊，居然跑到塔上喝酒划拳去了，结果被孙悟空捉个正着。恐吓之下，俩人也是毫无骨气，把上级的计划和盘托出。猪八戒听说这俩是一条黑鱼、一条鲶鱼，差点把他们做了水煮鱼。最后二鱼结局还不错，虽然狠受了一番侮辱，终究还是被扔回海里放生了。

第四个登场的是好孩子“有来有去”。作为赛太岁的心腹小校，这位小妖怪是个很善良的存在。有来有去被素来办事“讲究”的赛太岁派去朱紫国下战书，还在路上感慨着朱紫国的悲剧命运，觉得一旦开战，生灵涂炭，大王这杀孽实在太重，简直天理难容。连偷偷跟踪他的孙悟空都感慨：这妖精真是好心！此后有来有去面对明明是和尚、却习惯性扮成道士的孙悟空，也非常礼貌老实，被悟空轻松套出了洞中情况。猴子一向杀人不眨眼，可惜如此一个单纯善良的小妖怪在失去利用价值之后还是难逃当头一棒，被打成了饼。

除了这几位之外，小妖中还不乏足智多谋的军师级人物，如黄风怪帐下的虎先锋，用假身骗住悟空、八戒，轻松捉走了唐僧。如金鱼精手下的鳜鱼婆，用结冰之计让唐僧掉进水中，做了阶下囚。如花豹精帐下的苍狼精，将同伙在狮驼岭期间的经历举一反三，用分瓣梅花计捉了唐僧，还差点用假人头绝了孙悟空等人的希望。这些小妖虽然都是昙花一现，但还是尽其所能，在各自大王捉唐僧的“宏伟大业”上发挥了自己的光和热。一代大师司马迁曾为游侠、刺客等小人物做列传，使《史记》更添色彩，我也在此特别向这些带给我们欢乐的小妖怪们致敬。

# 48

## 辛苦的“基层公务员”——山神、土地

在《西游记》的天宫体系里，山神、土地可以说是最低级别的工作人员，真正贴近百姓的是他们，最受气的也是他们。不管神仙妖怪，谁都可以对他们大呼小叫。甚至在影视形象中，他们都被设计成像霍比特人一样的小个子老头，反映了其渺小低微的身份地位。但就是这样一些勤勤恳恳的渺小人物，为西行之旅带来不少或温暖、或滑稽、或感慨、或叹息的回忆。

最专注工作的山神、土地——白骨岭组合。“三打白骨精”一节中，白骨精三次使用变化术，捉弄唐僧，孙悟空苦于对手善于逃遁，每每打倒其变体，却捉不住真身。这时候挺身而出的正是此间的山神、土地，接到猴子的指示，他们高高跃起，在云端布防，挡住了想脱身的白骨夫人，助力孙悟空一击得手，打死了妖精。不过明知道妖怪的真实身份，在唐僧冤枉孙悟空滥杀无辜之时，山神、土地却像从来不曾存在过一样，也不出来给猴子做个人证。我想，也许这两位敬业的好干部在完成猴子交办的任务后，又投入到繁忙的工作中去了。民间多疾苦，不知谁家又在他们的庙里烧香许愿呢！

最可怜的山神、土地——平顶山组合、火云洞组合。在“金角银角大王”一节中，银角大王施法叫山神、土地移来三座大山，压倒了孙悟空，经揭谛点拨，得知前因后果的山神、土地在战战兢兢请求孙悟空不要责怪自己之后，赶紧移开山救出猴子。哪知猴子不守信用，还是抡起棍子要打他们。这些可怜的小人物只好说出被妖怪当成奴仆，让他们轮流到平顶山值班的惨痛经历，猴子这才饶过了他们。和他们有一拼的还有火云洞红孩儿所在地的山神、土地们，个个吃不饱、穿不暖，被红孩儿各种使唤虐待，连火云洞的小妖怪们都敢跟他们要保护费！

最暖心的山神、土地——金兜山组合。在“大战青牛精”一节中，孙悟空千辛万苦讨来斋饭，却发现唐僧他们三个不听话，擅自走出了他画的圈子，被妖精捉走。当地山神、土地化装成百姓，为心急火燎的猴子指点了迷津，还帮他收好斋饭，带去保温。孙悟空脾气暴躁，不由分说骂他们不早出现，二人也是好言相对、耐心解释，体现了极高的个人涵养。猴子打败妖怪、唐僧得救时，二人又早早在路边等候，把猴子讨来的饭菜奉上，还直言唐僧不听良言，导致被妖精捉走，害得悟空一场辛苦，让他抓紧吃饭，不要辜负猴子的孝心。这样善解人意又仗义执言的山神、土地全书中仅此一家，连唐僧都感动得连声称赞猴子为“贤徒”。

最热心的土地——火焰山土地。火焰山人口密度极低，连山神都没见着，只有一位土地，态度非常积极，在唐僧等人行至此处时，主动送上饭菜。唐僧一路都是化缘，饥一顿饱一顿的，还真没享受过这种主动送餐的待遇。孙悟空找牛魔王去借扇子之时，土地还极有耐心地陪着唐僧聊了一天。在唐僧听说牛魔王勇猛，派猪八戒去助阵时，土地更是慷慨站出，表示愿意带路。不仅带路，他还叫上部下阴兵，帮着孙悟空、猪八戒群殴牛魔王，最终帮助猴子和众神击败了牛魔王。从送饭到陪聊再到助阵，火焰山的土地堪称西游路上志愿者的模范。

除此之外，书中还出现过一些山神、土地，大多扮演答疑解惑、推进剧情发展的角色，如镇元子庄上的土地，详解了人参果的典故；如比丘国的土地，为猴子提供了进入隐藏洞府清华洞的唯一方法，在此就不一一点出了。

在等级森严的中国传统社会中，山神、土地这些小角色永远是英雄的注脚，就像《水浒传》里好心提醒武松不要酒后上景阳冈的酒保；《三国演义》里提点关羽小心杀手的普净和尚。我们看到的、关注的，往往只是孙悟空、武松、关羽这些英雄豪杰，哪怕他们不通人情、不讲道理、素质低下、自以为是，仍然是英雄，但有几人会回头看看英雄身后这些平凡而善良的小角色呢？

其实山神也好，土地也好，他们虽然没有高高在上的地位，却在各自的岗位上做着最普通、也最重要的工作。他们享受着并不算旺盛的民间香火，是芸芸众生中的一员，会有喜怒哀乐，会有情不得已，也会在弱肉强食的世界里被欺负、捉弄，你可以无视他，但关键时刻，却总是他们在指点迷津、排忧解难，比起那些位高权重的神仙们，他们更显得真实而可爱。

# 49

## 谁记诺言

中华民族自古以来流传下来很多优秀的品格。古人在写作中，总是会将这些可贵的品格赋予作品中的主人公，塑造出一个个典型。时代在发展，有越来越多的人感慨过去很多的好东西在不断流失。其实从封建时期起，一代代人就已经开始感慨人心不古，到了现在，人们开始从前人的作品和故事中找寻这些珍贵的品质，用来自勉，也用来育人。但忠诚、仁义太遥远，孝顺、友爱又不好衡量，信用悄然成为中华民族优秀传承中提及率最高的元素之一。

记得2002年，当时的语文高考刚开始流行起“话题作文”，“信用”就成为考点，有一位考生很大胆地写了一篇半文言文《赤兔之死》，结果轰动全国，不仅自己一举被名校选中，更刺激了国人对“信用”新一轮的热议。转眼近二十年过去，当初的那位考生大概孩子都能打酱油了，而关于信用的话题也渐渐沉寂。如今，网络让人们的生活节奏不断加快，而高速运转下的人们或主动、或被动地选择了务实和利己，“尾生之信”似乎已经成为一种遥不可及的情怀。老港片里有一句说烂了的对白：“东西可以乱吃，话不可以乱说。”但现在又有几人会为自己的铮铮诺言负责，或者义无反顾地相信别人的言之凿凿呢？

说回《西游记》，很多人也许没发现，唐僧师徒西行的故事其实从来都没离开过谈信用。带着对信用问题的思考，我们不妨从头回顾，看看这部书里，谁记诺言，谁做了失信人。

首先还要看男主角孙悟空，他刚从石头里蹦出来，就被人为设定为一个颇有文化意味的存在。当时花果山众猴子对水帘背后的东西充满好奇，表示谁敢先跳进这挂飞瀑，就公推谁为王。孙悟空自告奋勇跳进水帘洞，随后便对着群猴说出了“人而无信，不知其可”这句话直接表达出了他本性中最看重的东西——守信。而猴子们也颇为守信地集体服从，从此痴心不改地以孙悟空为王，陪他大闹天宫，为他被杀被烧、虽死不悔。在他被唐僧赶走回山时继续奉其为王、忠心耿耿，这一切全为了当年的诺言——敢入水帘而不受伤者为王。

书到一半时，灵感大王金鱼精登场，他曾经为如何抓到唐僧苦恼不已，手下的一条鳜鱼精适时献上妙计。金鱼大喜，当即表示事成之后和鳜鱼结为兄妹，共享富贵。后来金鱼精依计而行，果然如愿以偿捉住了唐僧，回府之后第一件事就是大叫“妹妹”，鳜鱼谦虚地表示不敢造次，金鱼精立刻说：“一言既出，驷马难追！”当即就要与鳜鱼同享唐僧。

无独有偶，后来出场的南山大王豹子精，也曾对献计捉唐僧的部下苍狼精许诺，如其计成功，便封他为先锋，事成之后也信守诺言，回到洞里就大叫“先锋”。

猴子、金鱼、豹子，全是些妖魔怪物，却无一例外选择了遵守诺言。而我们的其他主人公呢？唐僧多次对沿途各国国王和投宿过的人家表示，取经之后，定当回来看望。这些国王也好，百姓也好，虽然是受恩惠的一方，却无一不是感恩图报的实在人。唐僧的一句“回来”，也许是他们日夜牵挂的念想，但唐僧真正取经之后，除了因意外又落到陈家庄一次之外，再没有去任何一处看看，却不知是否成了佛，就忘了诺言，不再计较这些鸡毛蒜皮的“小事”。

如果说这还是小节，毕竟每个地方都回去看看也不现实。那失信于老龟一节，就实在说不过去了。唐僧师徒西行历经八十一难，一般读者真正能记住的没多少，但最后一难唐僧因为忘了答应老龟的事，被扔进河里的桥段，大概没人会忘记。想当初老龟驮着唐僧一众过通天河之时，只提了一个小小要求，希望唐僧到了西天，问问佛祖它还能活多久。但除了取经毫无其他心思的唐僧一众居然在到达灵山之时，选择了集体遗忘！当初的满口答应，却成了空口白话，这成为对取经团队最大的讽刺——取经是为了提高国民素质，而取经人却连“言而有信”这样的基本素质都没有。一诺千金，和前面提到的几位妖精相比，唐僧又让我们失望了。

《西游记》里的佛教，在力量上无人能敌，从头到尾，操纵着一切，但这个以慈悲善良为宗旨的大教派最大的本事却是“洗脑”，真正皈依的人都像得了健忘症一样抛下了一切。所以取经功成之时，成为斗战胜佛的孙悟空完全忘了和猴子猴孙们说好的回家团聚，连一直对老婆高小姐念念不忘的猪八戒，都好像从来没去过高老庄，但有些事、有些话，难道真的就该放下，就该忘记吗？

《西游记》以花果山众猴守信立孙悟空为王做开头，以唐僧师徒失信老龟落下通天河为结束，从头到尾，都在谈信用！孙悟空在花果山称王称霸之时，目无法纪、肆意妄为，对于天庭而言，他和他的猴子猴孙不过是乌合之众，但这群乌合之众从来没忘记最初的承诺；唐僧师徒成功取到真经之日，从事业而言出色地完成了任务，从个人而言得到了相应的荣誉，却永远欠那只寻常的老龟一个交代。这是否是吴承恩有意无意的安排呢？而作为喜爱《西游记》的我们，是不是也应该格外把“信用”二字记牢，以自己的守信，感召身边更多的人，重建这人人珍视的信用体系呢？

# 50

## 感恩的心

上一篇说了信用，这一次想谈谈感恩。和信用一样，感恩之心一直以来也是中华民族最可贵的优良品格之一。《西游记》里，唐僧一行先后经过宝象国、乌鸡国、车迟国、西梁女国、祭赛国、朱紫国、狮驼国、比丘国、灭法国、凤仙郡、玉华州、金平府、天竺国、铜台府等14地，从没吝惜过向需要帮助的人们施以援手，好事做了一路，留下不少令人拍手叫好的故事。这些受惠的国君，也都知恩图报，以各种形式的实际行动表达感恩的心意。

宝象国，恩德：赶走黄袍怪，救回国君失踪十三年的三公主。谢礼：安排御宴一次，国君亲自送行。

乌鸡国，恩德：掉到井里的国王在唐僧师徒四人的帮助下不仅起死回生，还得以赶走妖怪，重登国君之位。谢礼：作为受唐僧师徒四人恩惠最大的国君，老国王先是情愿陪同去取经，后又甘心让国，将倾国之宝相赠，都被谢绝后安排御宴一次，留下四人画像，请唐僧做龙辇，全家推车送行。

车迟国，恩德：国君被虎、鹿、羊三个“大师”忽悠了好多年，终于依靠孙悟空除掉了这几个位高权重的妖孽。谢礼：安排御宴一次，国君亲自送行。

陈家庄，恩德：救下陈关保、一秤金，使两个孩子免于喂鱼。谢礼：盛情招待后，赠送金银被谢绝，赠送干粮若干。回程途中再度相遇，举庄欢庆。

祭赛国，恩德：使该国S级国宝舍利子失而复得，平反僧人冤案。谢礼：安排御宴一次，留下四人画像，摆銮驾送行。金玉被谢绝，赠送若干装备、食物。

七绝山，恩德：除掉为患多时的蛇精，帮助开出一条大路。谢礼：钱财被谢绝，赠送若干干粮果品。

朱紫国，恩德：为国君治好了多年难愈的重病，并救回他最宠爱的女人。谢礼：邀请同坐江山、情愿让国均被谢绝，安排御宴一次，请唐僧做龙辇，全家推车送行。

比丘国，恩德：使无数无辜小儿得救，打败国王的妖精岳父和爱妃，使国君从重病中康复。谢礼：安排御宴一次，金银财宝被谢绝后，请唐僧做龙辇，全家推车送行。途中被广大百姓强行留下并轮流款待一个月之后，举国送行。

灭法国，恩德：解了国君屠杀僧侣的恶行，给全国上下换了宗教信仰。谢礼：金银被谢绝，国君亲自送行。

雾隐山，恩德：救出樵夫一名，使其寡母不致饿死。谢礼：一顿乡村美味素斋。

凤仙郡，恩德：求得及时雨，使全郡上下免于饿死渴死。谢礼：留数日，享用若干宴席，建庙立生祠，金银财物被谢绝后全郡送行。

玉华州，恩德：教会三个王子武艺，扫平周边众多狮子精。谢礼：金银被谢绝，赠送装备若干，全城送行。

天竺国，恩德：赶走伪装成公主的妖精，救下真公主使其全家团聚。谢礼：安排御宴若干次，留下四人画像，金银宝贝被谢绝后，请唐僧做龙辇送行。

铜台府，恩德：使乐善好施、惨遭毒手的寇员外死而复生、延寿一纪（12年）。谢礼：盛情款待后送行。

这一长串的记录，让《西游记》的故事不仅仅是刺激的斩妖除魔，更多了些贴近生活的温暖和感动。其实就像唐僧师徒一样，对于很多人来说，未必要求得到什么回报，做好事只是出于人性的光辉和乐善的本能。而作为受人恩惠者，“滴水之恩，涌泉相报”的道理说了上千年，感恩本是理所应当的事。可是时代发展到今天，很多“理所应当”变成了“大跌眼镜”，很多场合里，总能听到有人感慨：“这年头懂感恩的人越来越少了。”

的确，每当听到大学生为救孩子淹死，孩子家属却无动于衷这类新闻时，稍有点感情的人都不免扼腕叹息。不知从什么时候开始，“笑贫不笑娼，一切唯我至上”让很多人放弃了最初的信仰，更忘记了“感恩”这种最基本的道德，别人的善良和牺牲不仅得不到一点触动，反而成了“那是他自愿的”。

而比“忘恩”更可怕的是“负义”。近些年来，“老人摔倒不能扶”这种简直没天理的事几乎成为社会中很多人的行为准则。因为有些老人被人扶起后，反而把好心人“狠咬”一口。在别人的恩德和善心面前，宁肯选择漠然处之，甚至恩将仇报地将之作为谋私利的好机会，我认为这样的人已经失去了作为“人”的属性。

如何更好地捍卫我们的精神家园？这个现实问题足以让上到施政

者，下到每一位普通百姓深思。对于国家而言，到底是经济指数漂亮更好，还是人民基本素质的切实提高更重要？到底是把口号喊得响亮有用，还是从根子上想办法出实招更可靠？对于群众来说，到底是物欲得到满足更有成就感，还是精神得到升华更幸福？一个社会想要整体进步，政府有针对性的引导和公众有意识的参与，一个也不能少。

# 51

## 积德行善

唐僧师徒四人，客观来讲，都有很强的劣根性。孙悟空是嗔，易怒无情、妖性难驯。猪八戒是贪，贪财好色、贪图享乐。沙僧是痴，痴于名利，苦于不得解脱。三人正好应了佛教三毒。而唐僧的自私、冷漠、昏庸也不须再多说。可是即便主角们各有不足，我仍要说《西游记》是经典，是一本主题意义积极向上的好书，是一部宣扬正能量的优秀作品。而拥有那么多缺点甚至陋习的唐僧师徒，还是无可争议的好人。原因就在于，唐僧师徒的取经路，的的确确是积了大功德、行了大善事的。

宝象国救公主，乌鸡国救国王，朱紫国救帝后，车迟国、祭赛国救众僧侣，陈家庄救童男童女，比丘国救万千小儿，凤仙郡救黎民百姓……这些故事背后，精彩的是降妖除魔，但更感人的，是一颗大慈大悲的心。

回顾唐僧师徒的西行之路，当一次次感恩的帝王后妃亲自为唐僧推车出国门，当一回回激动的百姓顶礼焚香望空祭拜时，唐僧师徒就算还没取得真经，已经足以被称为得道真人。什么是佛，什么是菩萨？对老百姓而言，救苦救难的就是佛，就是菩萨。

很长时间以来，文艺作品习惯于塑造“高大全”的人物形象，似乎英雄和主角就一定要完美，像神一样无可指摘。所以《西游记》等经典名著，一旦被搬上银屏，立刻变得非黑即白起来。孙悟空成了毫无缺点的超人；猪八戒好色无能也只是过过嘴瘾、开开玩笑；沙僧更是被演绎成了和原著完全不同的形象——成了一个老好人。至于各路妖怪，全无任何自己的精神世界，都是想吃唐僧肉的纯粹坏蛋。其实大可不必如此，就算孙悟空依旧是发起怒来血流成河的妖猴；猪八戒、沙僧依然有自己不可回避的缺憾；唐僧依旧如原著般喜欢习惯性“犯混”，单凭他们一路上积德行善的事迹，就足以被视为绝对的正面人物了。看人要看大面，功过自有分晓。一个有血有肉有瑕疵的英雄，才显得离我们更近。好在随着时代的进步，这些年开始多角度挖掘文学历史人物的影视作品和文艺作品越来越多，也让英雄们回归人间。

一本《西游记》，固然揭露了很多现实的丑恶、人性的可悲，但其最终归宿和根本基调，始终是劝善的。积德行善，必有好报。且不说唐僧四人功德圆满，都修成了正果。就连一些小人物的身上，依然可以看出这一点。凤仙郡的上官郡守，因为爱民廉政，最终悟空求雨得手，帮他化解了数年旱灾之苦；天竺国的寇员外一心向善，苦苦修行，虽然被歹徒杀死，但在猴子的帮助下，仍然得到了起死回生的机会。从这一点上说，《西游记》的主基调比之《水浒传》更符合今天的价值观。

# 52

## 虚伪的施恩者

对于孩子们来讲，小时候《西游记》电视剧百看不厌，但提到这25集里大家最不感兴趣的一集，莫过于最后的灵山取经。毕竟无论是大闹天宫笑傲天庭，还是西行一路降妖除怪，都充满刺激，十分过瘾。最后到达灵山，已经大功告成，没了吸引眼球的妖怪，没了猴子耍威风的舞台，自然略显乏味。小孩子们还不会对过程和结果的辩证关系有很深刻的领悟，纯粹就是图个痛快。

不过，作为一代大师，吴承恩显然照顾到了后世受众的情绪，就算是这例行公事般的接手，也安排了一场风波，揭露了所谓慈悲为怀者伪善的面孔，这就是著名的“要钱门”事件。

话说唐僧一行历经十四年，总算到了西天，见到了如来佛祖。唐僧带着无比激动的心情禀明来意后，佛祖开口就是一顿狂骂，表示你们东土南赡部洲之人，多贪多杀，多淫多诳，多欺多诈；不遵佛教，不向善缘，不敬三光，不重五谷；不忠不孝，不义不仁，瞒心昧己，大斗小秤，害命杀牲……大意是说地狱里装的大多是你们那儿的人，没啥好委屈的，自己作死，不值得同情。

唐僧本以为佛祖张嘴，必然会从佛学讲起，没想到上来就骂人，而且是连珠炮似的“排比骂”，吓得跪在地上不敢吭声。好在佛祖骂着骂着，话锋一转，谈到了自己有经三藏，可以超脱苦恼，解释灾愆。《法》藏，谈天；《论》藏，说地；《经》藏，度鬼，共三十五部，一万五千一百四十四卷。佛祖还表示，本想着唐僧大老远过来挺不容易的，想把这三十五部全交，但考虑到南瞻部洲的人太蠢、水平层次太低，只让两大手下阿傩、伽叶随便从这三十五部里挑一些给唐僧，也就够意思了。

唐僧取经的理想很美好，但到底取什么经、有多少、能拿回去多少，他是一点谱也没有的，自然是如来怎么说就怎么办，哪敢讨价还价，千恩万谢地跟着阿傩、伽叶走了。

然而，唐僧还是太年轻了，他万万没想到，在灵山这样一个佛门圣地，竟然还会遭遇“要钱门”！身为佛祖心腹的阿傩、伽叶，竟然无比直白地要求唐僧给予好处，意思是：经书不能白送，总要有所表示。

这可苦了唐僧。这位和尚一点人情世故都不懂，哪里有钱孝敬？阿傩、伽叶嘴上不说，心里犯坏，竟然拿了一堆白纸糊弄，给了唐僧一大批无字经书。

唐僧自从进入灵山宝地，基本就没敢抬过头，觉得任务达成，连货都没验，忙不迭转身就跑。孙悟空师兄弟只是唐僧的保镖，对于经书，就算有字，他们也看不懂，索性就没往前凑。于是师徒四人拿着一堆白纸兴冲冲走了。好在灵山之上，终是有真慈悲的人，燃灯古佛不忍唐僧白跑一趟，叫白雄尊者点醒唐僧，让他及时发现经书有问题，抓紧回来。

回到灵山，孙悟空不乐意了，大吵大闹告状，想让佛祖惩罚阿傩、伽叶。令人大跌眼镜的一幕出现了，如来笑呵呵地表示自己完全知道阿傩、伽叶要好处的事。还说此经曾在舍卫国赵长者家被读过一遍，保他家生者安全、亡者超脱，老赵给了三斗三升米粒黄金，自己还觉得阿傩、伽叶贱卖了，如今唐僧想空手取经，确实太不像话。

但如来身为佛祖，终究不能像阿傩、伽叶那么市侩，他深知唐僧是个要钱没有、要命一条的光棍，那三个徒弟更是一言不合就要开打的不安定因素，虽然对自己构不成任何威胁，却也扰人清净、着实讨厌。于是只是占些嘴上便宜地说了句："无字真经，倒也是好的。因你那东土众生愚迷不悟，只可以此传之耳。"

佛祖又嘲讽了一次东土，算是过够了嘴瘾，终究勉强下达了指示，让阿傩、伽叶挑点真东西给唐僧，好让他们抓紧离开。

如果说之前先谩骂讥讽，再行恩惠，还算是说得过去。这次佛祖的表现就有点太离谱了，哪里有一点尊者的体统？表面做出一副大慈大悲的无私样子，却纵容手下私取好处，实在有虚伪之嫌。

所谓上梁不正下梁歪，最高施恩者是如此面目，也就难怪阿傩、伽叶这么明目张胆了。显然，这二位对主子表里不一的风格是相当了解的。这一次，虽然佛祖给了明确指示，俩人还是不敢空手作罢，生怕唐僧走了之后，主子翻脸说他们不懂"事"，不会看眼色，说自己那番话是说给外人听的门面话，哪能真的啥也不要就白送东西啊！于是，俩人居然再度向唐僧伸出了手！

唐僧无可奈何，翻遍了行李，只有一个唐太宗送他化缘的饭碗还算是个物件。阿傩、伽叶心知只能挖掘到这一步了，紧紧把紫金钵盂抱在怀里。

人生一世，谁也不可能独善其身，难免有需要帮助的时候。在别人困难时施以援手，也分几个层次：第一层是举手之劳、力所能及的帮助，这样的好事自然当为；第二层是需要自己付出一些努力和代价的帮助，这种情况就要看觉悟了，多数人对亲人朋友往往可以做到这一步；三是需要牺牲自己很宝贵的东西帮助别人，这个层次就太高太难了，见义勇为者、舍己救人者往往是达到这个境界的人，社会给予他们什么样的鼓励和表扬都不为过，这种精神是需要永远弘扬的正能量。

对于佛祖而言，传经给唐僧，显然只是第一层次的施恩，毫无难度，无须费任何力气。但就是这么简单的好事，我们这位高高在上的佛界领袖还做得那么不体面，先是叽叽歪歪捡着人家的阴暗面一顿数落，最后又磨磨唧唧让人家跑了两趟，还摆明了支持手下要好处。最重要的是，求他的人可是他忠心耿耿的门人啊！对自己人尚且如此，如来这样的心胸和境界，恐怕还不如他最看不起的南瞻部洲里的很多凡人呢！

# 53

## 细数八十一难

都说唐僧师徒西行取经，一路上历经八十一难，其实唐僧的受难史是从他前世就开始起算的，到他取经时已经是第五难了。唐僧的经历不可谓不多，先后十八次被擒，基本保持了每年至少去妖怪洞府“家访”一次的频率，但真正意义上的“难”却并非我们想象的那样。也许是创意有限，吴承恩偶尔也偷了懒，于是当我们细数唐僧的八十一难时，就会发现其中很多是凑数的，有时同一个故事被分割成好几难，有的甚至根本就不是难，具体归纳如下。

1. 金蝉遭贬：唐僧本是金蝉子转世，当初不好好听佛祖讲课被贬下界受罪。唐僧、八戒、沙僧都有被打落凡间的背景，真可谓前生有缘，不是一家人不进一家门啊。

2. 出胎几杀：唐僧是遗腹子，母亲被仇人霸占，仇人想斩草除根，却被唐僧的母亲轻松劝住。这段有惊无险的故事算作一难稍显牵强。

3. 满月抛江：唐僧的母亲总觉得孩子早晚要被仇人弄死，但苦于智商有限，采取了易操作但存活率极低的方式把他扔江里了。此外，还很血腥地咬下孩子一根脚趾头，为了日后相认有个标记。

4. 寻亲报冤：长大后的唐僧投奔了外公，带了足以打一场中等规模战役的数万人马，灭了无兵无将无抵抗力的小小仇人。

5. 出城逢虎：老虎是唐僧最常遇到的动物，但每次都没有遭遇实质性的伤害。这只老虎对唐僧肉毫无兴趣，看都没看唐僧一眼就走了。

6. 落坑折从：这其实是唐僧在成年后有意识状态下真正的第一难，他吓得不轻，两位随从被三只怪兽当着他的面活啃了。

7. 双叉岭上：唐僧二次遇虎，被刘伯钦仗义相救，毫毛未伤。

8. 两界山头：无他，只是救了一只可爱的小猴子，而且小猴子成为后来十几年里最大的依靠。

9. 陡涧换马：这绝对不是难，而是惊喜，普通坐骑换成了龙马。

10. 夜被火烧：简直是无惊无险，毛都没烧到。唐僧睡得很沉，起床后才知道发生了什么，其他事被猴子全部搞定。

11. 失却袈裟：丢东西虽说很烦，但很快小偷就被捕了，袈裟完璧归赵。

12. 收降八戒：唐僧只负责踏实地在高老庄吃吃喝喝，猴子一手搞定，随从+1。

13. 黄风怪阻：唐长老第一次被擒。

14. 请求灵吉：灵吉并不难说话，非常配合故事的正面发展。

15. 流沙难渡：再难渡，也过去了，而且没耽误太多时间。

16. 收得沙僧：随从+1，好事。

17. 四圣显化：著名的珍珍、爱爱、怜怜事件，整个过程中，只有八戒吃了点皮肉之苦。

18. 五庄观中：人参果事件，虽然唐僧被拘禁，但没受什么罪。

挨打的是徒弟，跑腿善后的也是徒弟。

19. 难活人参：和上一难其实是一个故事，有凑数之嫌！

20. 贬退心猿：白骨精被扁三次，唐僧毫发无损，只有可怜的猴子被赶走了。

21. 黑松林失散：这是唐僧第三次被正式限制人身自由，好在黄袍怪是位模范丈夫。只要妻子高兴，不能长生不老又何妨！放了放了。

22. 宝象国捎书：唐僧的意外惊喜，被公主救下做了回快递员，这完全不是“难”。

23. 金銮殿变虎：总遇到老虎，这次自己cosplay一下。

24. 平顶山逢魔：算上上回变老虎被关进动物园，这次是唐僧第五次被捉。

25. 莲花洞高悬：这和上一难也可以算成一回事，凑数！当然被吊了威亚，而且“导演”一直不喊“卡”，是挺难受的。

26. 乌鸡国救主：唐僧做好事，帮了一只可怜的鬼，这只鬼除了湿了点之外，一没吐着长舌头，二没托着大脑袋，三没一身血迹，四没制造声光电，很不专业，一点也不吓人。

27. 被魔化身：被乌鸡国假国王克隆了一次，没啥大不了的，分分钟解决。

28. 号山逢怪：做好事，却救了一只坏妖怪红孩儿。

29. 风摄圣僧：第六次被擒。

30. 心猿遭害：猴子差点被火烧死。

31. 请圣降妖：自己得了救，猴子出了气，观音随从+1，至今不清楚“难”在何处？

32. 黑河沉没：被鱼钓走了……

33. 搬运车迟：车迟国看到同道中人受罪，心里确实略难受。

34. 大赌输赢：靠着猴子出老千，每把都赌赢了，无悬念过关。

35. 祛道兴僧：宗教之争，无宗派人士不便多言。

36. 路逢大水：溜了会冰。

37. 身落天河：又被鱼钓走了……

38. 鱼篮现身：观音每次出手解决问题都算一次“难”，这么统计似乎不科学啊。

39. 金山遇怪：青牛精是个硬手，唐僧自投罗网，第九次被擒。

40. 普天神难伏：“圈圈在手，天下我有”，进一步说明老牛真牛。

41. 问佛根源：还是说老牛，和前两难一脉相承，这一“难”被分解成了三次，大大凑数！

42. 吃水遭毒：打胎。今生没有机会亲身体验，不便评价，不过唐僧他们好像是真的“无痛的”……

43. 西梁国留婚：甜蜜的一“难”。

44. 琵琶洞受苦：甜蜜的“受苦”。唐僧被擒记录成功达到两位数。

45. 再贬心猿：猴子第二次被赶走。

46. 难辨猕猴：辨不出来哪只是孙悟空倒也没啥丢人的，反正除了佛祖谁都看不出来。

47. 路阻火焰山：妖界大魔头牛魔王登场。

48. 求取芭蕉扇：大魔头故事继续。

49. 收服魔王：群殴之下，大魔头收场，又是头牛，又是一“难”被凑了三回。

50. 赛城扫塔：稀有动物九头虫。

51. 取宝救僧：九头虫续集。

52. 棘林吟咏：最风雅的一“难”。难得的才子佳人段子，文风都为之一变。以唐僧的文采，要是加把劲，作品进入《唐诗三百首》还是很有希望的。

53. 小雷音遇难：有创意的黄眉怪，唐僧第十一次被捉。

54. 诸天神遭困：黄眉怪续集。

55. 稀柿衕秽阻：全书最弱妖怪登场，这条没修炼完的蛇精论本事连“小青”都不如。

56. 朱紫国行医：做好事又被算成了一“难”。

57. 拯救疲癃：朱紫国好人好事续集。

58. 降妖取后：朱紫国好人好事再续集，又是一个故事编成三“难”，又是救苦救难的观音菩萨解决问题。

59. 七情迷没：蜘蛛精，唐僧难得亲自化缘，遭遇第十二次被捉的悲剧。

60. 多目遭伤：蜈蚣精的毒药也就那么回事，半天毒不死个人，还不如民间耗子药好使。

61. 路阻狮驼：最强妖怪组合登场。

62. 怪分三色：狮驼岭第二部之谁与争锋，取经团队全体被捉。

63. 城里遇灾：狮驼岭第三部之风云再起。

64. 请佛收魔：狮驼岭第四部之出来混总要还。四难集于一个故事，狮驼岭三人组威力无边！

65. 比丘救子：又见好人好事。

66. 辨认真邪：猴子个人秀，把你的心我的心串一串。唐僧纯观众，表示并无压力。

67. 松林救怪：小老鼠，上灯台，后来下来了。

68. 僧房卧病：难得生一次病，唐僧就悲观地认为自己要挂了。

69. 无底洞遭困：小小老鼠都把唐僧活捉了一次，真是没脸活下去了。不过接下去是密室、捆绑……

70. 灭法国难行：又见宗派纠纷。

71. 隐雾山遇魔：一头“战五渣”花豹，连八戒都能收拾了。但这不妨碍唐僧第十五次被捉。

72. 凤仙郡求雨：还是好人好事。

73. 失落兵器：这只狮子是小偷！

74. 会庆钉耙：砸小偷的场子！

75. 竹节山遭难：取经团队再次被团灭。

76. 玄英洞受苦：这个三人组比较菜，但不影响唐僧第十七次被捉。

77. 赶捉犀牛：这个菜鸟组合也多拼凑出一“难”。

78. 天竺招婚：小白兔，白又白，变成公主真可爱……

79. 铜台府监禁：又被捉了，不过这次是涉嫌杀人、抢劫，被官府依法逮捕。

80. 凌云渡脱胎：师徒集体大升级！再不食人间烟火，从此吃天下美味无感了，简直太惨了。

81. 不守信用掉河里：为了凑数，真是难为佛祖了。

附录

# 西游群妖录

**寅将军（虎精）**

性别：男

容貌：雄威身凛凛，猛气貌堂堂。电目飞光艳，雷声振四方。锯牙舒口外，凿齿露腮旁。锦绣围身体，文斑裹脊梁。钢胡稀见肉，钩爪利如霜。东海黄公惧，南山白额王。

洞府：双叉岭

武器：无

法术：无

法宝：无

战绩：擒住唐僧，吃掉其随从。

**熊山君（熊精）**

性别：男

容貌：雄豪多胆量，轻健夯身躯。涉水惟凶力，跑林逞怒威。向来符吉梦，今独露英姿。绿树能攀折，知寒善谕时。准灵惟显处，故此号山君。

洞府：双叉岭

武器：无

法术：无

法宝：无

战绩：吃掉唐僧随从。

**特处士（野牛精）**

性别：男

容貌：嵯峨双角冠，端肃耸肩背。性服青衣稳，蹄步多迟滞。宗名父作牯，原号母称㹀。能为田者功，因名特处士。

洞府：双叉岭

武器：无

法术：无

法宝：无

战绩：吃掉唐僧随从。

**黑熊精**

性别：男

容貌：碗子铁盔火漆光，乌金铠甲亮辉煌。皂罗袍罩风兜袖，黑绿丝绦亸穗长。手持黑缨枪一杆，足踏乌皮靴一双。眼幌金睛如掣电，正是山中黑风王。

洞府：黑风山黑风洞

武器：黑缨枪

法术：腾云驾雾

法宝：无

战绩：

1. 盗走袈裟。

2. 被孙悟空突袭，飞走。

3. 与孙悟空斗了十数回合，不分胜负。渐渐红日当午，以用饭为由退走。

4. 与孙悟空从洞口打上山头，自山头杀在云外，吐雾喷风，飞沙走石，只斗到红日沉西，不分胜败。

5. 被观音菩萨、孙悟空用计打败，以紧箍降服。

**凌虚子（苍狼精）**

性别：男

容貌：道士

洞府：无

武器：无

法术：腾云驾雾

法宝：无

战绩：

1. 被孙悟空突袭，飞走。

2. 被孙悟空突袭，一棍打杀。

**白花蛇精**

性别：男

容貌：白衣秀士

洞府：无

武器：无

法术：无

法宝：无

战绩：被孙悟空突袭，一棍打杀。

**虎先锋**

性别：男

容貌：血津津的赤剥身躯，红媸媸的弯环腿足。火焰焰的两鬓蓬松，硬搠搠的双眉直竖。白森森的四个钢牙，光耀耀的一双金眼。气昂昂地努力大哮，雄纠纠地厉声高喊。

洞府：黄风岭黄风洞

武器：赤铜双刀

法术：风卷术

法宝：无

战绩：

1. 与猪八戒交手，孙悟空助战后逃走，用计擒唐僧。

2. 三五回合不敌孙悟空，败走遇猪八戒，被一钉耙杀死。

**黄风怪（黄毛貂鼠）**

性别：男

容貌：金盔晃日，金甲凝光。盔上缨飘山雉尾，罗袍罩甲淡鹅黄。勒甲绦盘龙耀彩，护心镜绕眼辉煌。鹿皮靴，槐花染色；锦围裙，柳叶绒妆。手持三股钢叉利，不亚当年显圣郎。

洞府：黄风岭黄风洞

武器：三股钢叉

法术：黄风大法

法宝：无

战绩：

1. 与孙悟空大战三十回合不分胜负，喷黄风败之。

2. 与孙悟空战不数合，正待施法，被灵吉菩萨将飞龙宝杖丢将下来降服。

**白骨精**

性别：女

容貌：无

洞府：无

武器：无

法术：变化之法、腾云驾雾

法宝：无

战绩：

1. 化身美貌少女欲擒唐僧，被孙悟空识破，逃走。

2. 化身老妇人欲擒唐僧，被孙悟空识破，逃走。

3. 化身老翁欲擒唐僧，被孙悟空识破，因被山神、土地限制住飞腾，被孙悟空一击打死。

**黄袍怪（奎木狼）**

性别：男

容貌：青靛脸，白獠牙，一张大口呀呀。两边乱蓬蓬的鬓毛，却都是些胭脂染色。三四紫巍巍的髭髯，恍疑是那荔枝排芽。鹦嘴般的鼻儿拱拱，曙星样的眼儿巴巴。两个拳头，和尚钵盂模样；一双蓝脚，悬崖榾柮丫槎。斜披着淡黄袍帐，赛过那织锦袈裟。

青脸红须赤发飘，黄金铠甲亮光饶。裹肚衬腰祇石带，攀胸勒甲步云绦。闲立山前风吼吼，闷游海外浪滔滔。一双蓝靛焦筋手，执定追魂取命刀。

洞府：碗子山波月洞

武器：追魂取命刀

法术：腾云驾雾、接刀之法、化形遁走之法

法宝：无

战绩：

1. 独战猪八戒、沙和尚三十回合，因二人暗中有那护法神祇保护，空中又有那六丁六甲、五方揭谛、四值功曹、一十八位护教伽蓝相助，故而不分胜负。

2. 再战猪八戒、沙和尚八九个回合，八戒渐渐不济，钉耙难举，气力不加，回身逃走，沙和尚被擒。

3. 被小白龙偷袭，以满堂红战八九回合，令其手软筋麻，抵敌不住，接住小白龙飞刀，打伤其后腿，小白龙逃走。

4. 与孙悟空战有五六十回合，不分胜负。被孙悟空卖个破绽打败，逃走。

**金角大王**

性别：男

容貌：头上盔缨光焰焰，腰间带束彩霞鲜。身穿铠甲龙鳞砌，上罩红袍烈火然。圆眼睁开光掣电，钢须飘起乱飞烟。七星宝剑轻提手，芭蕉扇子半遮肩。行似流云离海岳，声如霹雳震山川。威风凛凛欺天将，怒帅群妖出洞前。

洞府：平顶山莲花洞

武器：七星剑（共用）

法术：无

法宝：紫金红葫芦、羊脂玉净瓶、芭蕉扇（共用）

战绩：

1. 战孙悟空二十余回合不分胜负，指挥群妖围攻，又以宝扇扇火，被孙悟空走脱。

2. 再战孙悟空三四十回合，抵敌不住，败阵逃走。

**银角大王**

性别：男

容貌：头戴凤盔欺腊雪，身披战甲幌镔铁。腰间带是蟒龙筋，粉皮靴靿梅花摺。颜如灌口活真君，貌比巨灵无二别。七星宝剑手中擎，怒气冲霄威烈烈。

洞府：平顶山莲花洞

武器：七星剑（共用）

法术：变化之法、移山倒海

法宝：紫金红葫芦、羊脂玉净瓶、芭蕉扇（共用）

战绩：

1. 战猪八戒有二十回合，不分胜负。被猪八戒发起狂唬住，指挥小妖齐上擒之。

2. 战沙和尚八九回合，将其生擒，顺手活捉唐僧。

3. 战孙悟空三十余回合，被孙悟空以幌金绳捆住，却以咒语将孙悟空反擒。

4. 助阵狐阿七，与孙悟空战多时不分胜负。

5. 迎战猪八戒，不敌猪、沙联手，逃走时被孙悟空以法宝擒之。

**精细鬼**

性别：男

容貌：无

洞府：平顶山莲花洞

武器：无

法术：无

法宝：无

战绩：奉命拿宝物去收孙悟空，却被孙悟空以假葫芦骗走两样法宝。

**伶俐虫**

性别：男

容貌：无

洞府：平顶山莲花洞

武器：无

法术：无

法宝：无

战绩：奉命拿宝物去收孙悟空，却被孙悟空以假葫芦骗走两样法宝。

**巴山虎**

性别：男

容貌：无

洞府：平顶山莲花洞

武器：无

法术：无

法宝：无

战绩：奉命去压龙洞请九尾狐，被孙悟空骗出压龙洞后打死。

**倚海龙**

性别：男

容貌：无

洞府：平顶山莲花洞

武器：无

法术：无

法宝：无

战绩：奉命去压龙洞请九尾狐，被孙悟空骗出压龙洞后打死。

**九尾狐**

性别：女

容貌：雪鬓蓬松，星光晃亮。脸皮红润皱纹多，牙齿稀疏神气壮。貌似菊残霜里色，形如松老雨余颜。头缠白练攒丝帕，耳坠黄金嵌宝环。

洞府：压龙山压龙洞

武器：无

法术：无

法宝：幌金绳

战绩：被孙悟空使用变化术骗出，照头一棍打杀。

**狐阿七大王**

性别：男

容貌：玉面长髯，钢眉刀耳，头戴金炼盔，身穿锁子甲。

洞府：压龙山后

武器：方天戟

法术：无

法宝：无

战绩：

1. 与孙悟空战经三四回合，力软败阵。

2. 与猪八戒战经多时，不分胜败，指挥众妖兵一齐围上，却被沙和尚杀散，惊慌逃走时被猪八戒击杀。

**青狮精**

性别：男

容貌：眼似琉璃盏，头若炼炒缸。浑身三伏靛，四爪九秋霜。搭拉两个耳，一尾扫帚长。青毛生锐气，红眼放金光。匾牙排玉板，圆须挺硬枪。镜里观真像，原是文殊一个狮猁王。

洞府：乌鸡国

武器：钢刀

法术：腾云驾雾、变化之法

法宝：无

战绩：

1. 与孙悟空战数回合，抵不住逃走。

2. 被猪八戒、沙和尚围住，孙悟空正待打杀，被主人文殊菩萨收服。

**圣婴大王（红孩儿）**

性别：男

容貌：面如傅粉三分白，唇若涂朱一表才。鬓挽青云欺靛染，眉分新月似刀裁。战裙巧绣盘龙凤，形比哪吒更富胎。双手绰枪威凛冽，祥光护体出门来。哏声响若春雷吼，暴眼明如掣电乖。要识此魔真姓氏，名扬千古唤红孩。

洞府：号山枯松涧火云洞

武器：火尖枪

法术：重身法、元神出窍、风卷术、三昧真火、变化之法

法宝：无

战绩：

1. 用风卷术活捉唐僧。

2. 与孙悟空战经二十回合，不分胜败。但渐渐不支，被猪八戒夹攻，战败。

3. 喷火大败孙悟空、猪八戒。

4. 与孙悟空战经二十回合，见不能取胜，虚晃一枪，喷出火来。孙悟空大败昏死。

5. 用变化之法擒住猪八戒。

6. 斗孙悟空四五个回合，被孙悟空诈败引上钩，后被观音菩萨收服。

**六健将（云里雾、雾里云、急如火、快如风、兴烘掀、掀烘兴）**

性别：男

容貌：无

洞府：号山火云洞

武器：无

法术：无

法宝：无

战绩：奉命去请牛魔王赴宴，被孙悟空用变化术骗住。

**鼍龙精**

性别：男

容貌：方面圜睛霞彩亮，卷唇巨口血盆红。几根铁线稀髯摆，两鬓朱砂乱发蓬。形似显灵真太岁，貌如发怒狠雷公。身披铁甲团花灿，头戴金盔嵌宝浓。

洞府：黑水河

兵器：竹节钢鞭

法术：狂风卷浪

法宝：无

战绩：

1. 兴起风浪活捉唐僧、猪八戒。
2. 与沙和尚战经三十回合，不见高低。
3. 与摩昂太子交战多时，被其卖个破绽生擒，后押赴西海。

**虎力大仙**

性别：男

容貌：无

洞府：车迟国

兵器：无

法术：五雷法、隔板猜枚、头断复生

法宝：无

战绩：

1. 与孙悟空斗法求雨，被击败。
2. 与孙悟空斗法坐禅，被击败。
3. 与孙悟空隔板猜枚（第三次），被击败。
4. 与孙悟空比砍头，被设计除去。

**鹿力大仙**

性别：男

容貌：无

洞府：车迟国

兵器：无

法术：变化之法、隔板猜枚、剖腹挖心不死

法宝：无

战绩：

1. 与孙悟空隔板猜枚（第一次），被击败。

2. 与孙悟空比剖腹，被设计除去。

**羊力大仙**

性别：男

容貌：无

洞府：车迟国

兵器：无

法术：隔板猜枚、油锅洗澡不死

法宝：无

战绩：

1. 与孙悟空隔板猜枚（第二次），被击败。

2. 与孙悟空比下油锅，被设计除去。

**灵感大王（金鱼精）**

性别：男

容貌：金甲金盔灿烂新，腰缠宝带绕红云。眼如晚出明星皎，牙似重排锯齿分。足下烟霞飘荡荡，身边雾霭暖熏熏。行时阵阵阴风冷，立处层层煞气温。却似卷帘扶驾将，犹如镇寺大门神。

头戴金盔晃且辉，身披金甲掣虹霓。腰围宝带团珠翠，足踏烟黄靴样奇。鼻准高隆如峤耸，天庭广阔若龙仪。眼光闪灼圆还暴，牙齿钢锋尖又齐。短发蓬松飘火焰，长须潇洒挺金锥。口咬一枝青嫩藻，手持九瓣赤铜锤。一声咿哑门开处，响似三春惊蛰雷。这等形容人世少，敢称灵显大王威。

洞府：通天河

兵器：铜锤

法术：呼风唤雨、搅海翻江、降雪结冰

法宝：无

战绩：

1. 被猪八戒突袭，逃走。
2. 独战猪八戒、沙和尚两个时辰，不分胜败。
3. 上河面与孙悟空战未经三回合，招架不住逃走。
4. 被观音菩萨收服。

**斑衣鳜婆**

性别：女

容貌：无

洞府：通天河

兵器：无

法术：无

法宝：无

战绩：

1. 献计冰冻通天河，诱唐僧进河擒之。
2. 劝金鱼精不要与孙悟空交手，稳守洞府即可。
3. 与其他水怪、鱼精 同，被观音菩萨用法术除去。

**独角兕大王（青牛精）**

性别：男

容貌：独角参差，双眸幌亮。顶上粗皮突，耳根黑肉光。舌长时搅鼻，口阔版牙黄。毛皮青似靛，筋挛硬如钢。比犀难照水，象牯不耕荒。全无喘月犁云用，倒有欺天振地强。两只焦筋蓝靛手，雄威直挺点钢枪。细看这等凶模样，不枉名称兕大王！

洞府：金兜山金兜洞

兵器：点钢枪

法术：变化之法、三头六臂

法宝：金刚琢

战绩：

1. 与孙悟空战四五十回合，指挥小妖围攻。
2. 以金刚琢收孙悟空兵器。
3. 与哪吒交手，尽收其六种兵器。
4. 与李靖大战。尽收助阵的火德星君兵器。
5. 以金刚琢挡住水伯水势。
6. 与孙悟空空手交战数十回合不分胜负。
7. 以金刚琢收走孙悟空用毫毛变出的小猴子。
8. 与孙悟空战经三个时辰，不分胜败，撤兵回洞。
9. 独对孙悟空、群神，以金刚琢尽收所有兵器。
10. 把十八罗汉十八粒金丹砂又尽收走。
11. 被主人太上老君收服。

**如意真仙**

性别：男

容貌：头戴星冠飞彩艳，身穿金缕法衣红。足下云鞋堆锦绣，腰间宝带绕玲珑。一双纳锦凌波袜，半露裙襕闪绣绒。凤眼光明眉探竖，钢牙尖利口翻红。额下髯飘如烈火，鬓边赤发短蓬松。形容恶似温元帅，争奈衣冠不一同。

洞府：解阳山聚仙庵

武器：如意金钩

法术：缠丝法

法宝：无

战绩：

1. 与孙悟空战经十数回合，不敌逃走。

2. 与孙悟空大战，斗到山坡之下，恨苦相持。沙僧趁机取得水后，被孙悟空使出真本事，轻松击败。

**蝎子精**

性别：女

容貌：娇容美貌，肌香肤腻，十指纤纤。

洞府：毒敌山琵琶洞

武器：三股叉

法术：席卷风沙、倒马毒、喷火吐烟

法宝：无

战绩：

1. 独战孙悟空、猪八戒多时不分胜负，以法术刺伤孙悟空。

2. 独战孙悟空、猪八戒三五回合，以法术刺伤猪八戒。

3. 被昴日星官两鸣震死。

**六耳猕猴**

性别：男

容貌：善聆音，能察理，知前后，万物皆明。

洞府：无

武器：如意金箍棒

法术：腾云驾雾、变化之法

法宝：无

战绩：

1. 一棒打晕唐僧。

2. 与孙悟空大战不分胜负。

3. 被如来佛祖识破制住，孙悟空将之击杀。

**玉面公主**

性别：女

容貌：娇娇倾国色，缓缓步移莲。貌若王嫱，颜如楚女。如花解语，似玉生香。高髻堆青亸碧鸦，双睛蘸绿横秋水。湘裙半露弓鞋小，翠袖微舒粉腕长。说甚么暮雨朝云，真个是朱唇皓齿。锦江滑腻蛾眉秀，赛过文君与薛涛。

洞府：积雷山摩云洞

武器：无

法术：无

法宝：无

战绩：

1. 被孙悟空吓跑。

2. 指挥小妖助阵牛魔王，打败孙悟空、猪八戒。

3. 被猪八戒一耙打死。

**罗刹女（铁扇仙）**

性别：女

容貌：头裹团花手帕，身穿纳锦云袍。腰间双束虎筋绦，微露绣裙偏绡。凤嘴弓鞋三寸，龙须膝裤金销。手提宝剑怒声高，凶比月婆容貌。

面赤似夭桃，身摇如嫩柳。絮絮叨叨话语多，捻捻掐掐风情有。时见掠云鬟，又见轮尖手。几番常把脚儿跷，数次每将衣袖抖。粉项自然低，蛮腰渐觉扭。合欢言语不曾丢，酥胸半露松金钮。醉来真个玉山颓，饧眼摩娑几弄丑。

洞府：翠云山芭蕉洞

武器：青锋双剑

法术：无

法宝：芭蕉扇

战绩：

1. 与孙悟空大战，相持到晚，见其棒重，料斗他不过，用宝扇败之。

2. 与孙悟空战经五七回合，手软难轮，取扇扇不走孙悟空，败走。

3. 被孙悟空变作小虫钻入腹中打败，以假扇骗孙悟空。

4. 孙悟空变化成牛魔王样子，骗走芭蕉扇。

5. 为救牛魔王，将扇子借给孙悟空，投降。

**牛魔王（平天大圣、大力王）**

性别：男

容貌：头上戴一顶水磨银亮熟铁盔，身上贯一副绒穿锦绣黄金甲，足下踏一双卷尖粉底麂皮靴，腰间束一条攒丝三股狮蛮带。一双眼光如明镜，两道眉艳似红霓。口若血盆，齿排铜板。吼声响震山神怕，行动威风恶鬼慌。四海有名称混世，西方大力号魔王。

洞府：翠云山芭蕉洞

武器：铁棍、双剑

法术：七十二变、腾云驾雾、头断复生

法宝：无

战绩：

1. 与孙悟空斗经百十回合，不分胜负。

2. 计骗孙悟空后再战一日，难分胜负。被猪八戒赶来助阵，败走。

3. 回身再战孙悟空、猪八戒、众土地阴兵一夜，不分上下。得众小妖相助胜之。

4. 战孙悟空、猪八戒百十余回合。遮架不住，败阵回头。

5. 与孙悟空大斗变化术，不分胜负。

6. 被孙悟空、过往虚空一切神众与金头揭谛、六甲六丁、一十八位护教伽蓝围攻。公然不惧，大战一场退走。

7. 一剑让猪八戒倒退几步，独战猪八戒、孙悟空、众多神、土地兵五十余回合，抵敌不住。

8. 被哪吒斩首复生，连斩数头均可复生。

9. 被哪吒火轮困住，又被李靖照妖镜罩住，无奈投降。

**万圣龙王**

性别：男

容貌：无

洞府：乱石山碧波潭

武器：无

法术：腾云驾雾、呼风唤雨

法宝：无

战绩：

1. 与九头虫显大法力，下了一阵血雨污了宝塔，偷了塔中的舍利子佛宝。

2. 率部助阵九头虫，被孙悟空突袭击杀。

**奔波儿灞（鲇鱼怪）**

性别：男

容貌：无

洞府：乱石山碧波潭

武器：无

法术：无

法宝：无

战绩：

1. 在塔上喝酒被孙悟空擒住。

2. 被割掉下唇放回。

**灞波儿奔（黑鱼怪）**

性别：男

容貌：无

洞府：乱石山碧波潭

武器：无

法术：无

法宝：无

战绩：

1. 在塔上喝酒被孙悟空擒住。

2. 被割掉耳朵放回。

**万圣公主**

性别：女

容貌：花容月貌，有二十分人才，多娇，妖娆美色。

洞府：乱石山碧波潭

武器：无

法术：腾云驾雾、呼风唤雨

法宝：无

战绩：

1. 去大罗天上灵霄殿前，偷了王母娘娘的九叶灵芝。

2. 被猪八戒变化术欺骗，背后一耙杀死。

**九头虫**

性别：男

容貌：戴一顶烂银盔，光欺白雪；贯一副兜鍪甲，亮敌秋霜。上罩着锦征袍，真个是彩云笼玉；腰束着犀纹带，果然象花蟒缠金。脚穿着猪皮靴，水利波分。远看时一头一面，近睹处四面皆人。前有眼，后有眼，八方通见；左也口，右也口，九口言论。一声吆喝长空振，似鹤飞鸣贯九宸。

毛羽铺锦，团身结絮。方圆有丈二规模，长短似鼋鼍样致。两只脚尖利如钩，九个头攒环一处。展开翅极善飞扬，纵大鹏无他力气；发起声远振天涯，比仙鹤还能高唳。眼多闪灼幌金光，气傲不同凡鸟类。

洞府：乱石山碧波潭

武器：月牙铲

法术：腾云驾雾、呼风唤雨

法宝：无

战绩：

1. 与万圣龙王显大法力，下了一阵血雨污了宝塔，偷了塔中的舍利子佛宝。

2. 斗孙悟空三十余回合，不分胜负。

3. 独战孙悟空和偷袭的猪八戒五七回合，挡不得前后齐轮。

4. 打个滚，腾空跳起现本像，生擒猪八戒。

5. 与猪八戒交锋，得老龙王助阵，杀败猪八戒。

6. 与二郎神交战，被哮天犬咬掉一头，重伤逃走，下落不明。

**劲节十八公（松树精）**

性别：男

容貌：头戴角巾，身穿淡服，手持拐杖，足踏芒鞋。千年约有余，苍然贞秀自如如。堪怜雨露生成力，借得乾坤造化机。万壑风烟惟我盛，四时洒落让吾疏。盖张翠影留仙客，博弈调琴讲道书。

洞府：荆棘岭木仙庵

兵器：无

法术：风卷术

法宝：无

战绩：

1. 风卷术擒唐僧。

2. 被猪八戒乱耙筑死[1]。

**孤直公（柏树精）**

性别：男

容貌：霜姿丰采，今经千岁古，撑天叶茂四时春。香枝郁郁龙蛇状，碎影重重霜雪身。自幼坚刚能耐老，从今正直喜修真。乌栖凤宿非凡辈，落落森森远俗尘。

洞府：荆棘岭木仙庵

兵器：无

法术：无

法宝：无

1 筑死，即打死

战绩：被猪八戒乱耙筑死。

**凌空子（桧树精）**

性别：男

容貌：绿鬓婆娑，千载傲风霜，高干灵枝力自刚。夜静有声如雨滴，秋晴荫影似云张。盘根已得长生诀，受命尤宜不老方。留鹤化龙非俗辈，苍苍爽爽近仙乡。

洞府：荆棘岭木仙庵

兵器：无

法术：无

法宝：无

战绩：被猪八戒乱耙筑死。

**拂云叟（竹竿精）**

性别：男

容貌：虚心黛色。岁寒虚度有千秋，老景潇然清更幽。不杂嚣尘终冷淡，饱经霜雪自风流。七贤作侣同谈道，六逸为朋共唱酬。戛玉敲金非琐琐，天然情性与仙游。

洞府：荆棘岭木仙庵

兵器：无

法术：无

法宝：无

战绩：被猪八戒乱耙筑死。

**杏仙：**

性别：女

容貌：青姿妆翡翠，丹脸赛胭脂。星眼光还彩，蛾眉秀又齐。下衬一条五色梅浅红裙子，上穿一件烟里火比甲轻衣。弓鞋弯凤嘴，绫袜锦绣泥。妖娆娇似天台女，不亚当年俏妲姬。人材俊雅，玉质娇姿。

洞府：荆棘岭木仙庵

兵器：无

法术：无

法宝：无

战绩：被猪八戒乱耙筑死。

**鬼使（枫树精）**

性别：男

容貌：青脸獠牙，红须赤身。

洞府：荆棘岭木仙庵

兵器：无

法术：无

法宝：无

战绩：被猪八戒乱耙筑死。

**黄眉怪**

性别：男

容貌：蓬着头，勒一条扁薄金箍；光着眼，簇两道黄眉的竖。悬胆鼻孔窍开查；四方口，牙齿尖利。穿一副叩结连环铠，勒一条生丝攒穗绦。脚踏乌喇鞋一对，手执狼牙棒一根。此形似兽不如兽，相貌非人却似人。

洞府：小西天小雷音寺

兵器：狼牙棒

法术：无

法宝：金铙、后天袋子

战绩：

1. 用金铙罩住孙悟空。

2. 与孙悟空斗经五十回合，不见输赢。

3. 面对孙悟空、二十八宿与五方揭谛丝毫不惧，用后天袋子将众人一搭包儿通装将去。

4. 率群妖同诸神、猪八戒、沙僧大战，不分胜负。

5. 独战孙悟空、猪八戒、沙僧，直杀到天晚。

6. 再次用后天袋子将众人一搭包儿通装将去，只走了孙悟空。

7. 独战孙悟空、武当山太和宫混元教主荡魔天尊之前五位龙神、龟蛇二将半个时辰，解下后天袋子又将众人装将去了，只走了孙悟空。

8. 独战孙悟空、大圣国师王菩萨弟子小张太子、四大神将多时不分胜负，解下后天袋子再将众人装将去了，只走了孙悟空。

9. 被孙悟空诈败引诱，孙悟空使用变化术钻入其腹中将其制服，后被弥勒佛收服。

**红鳞大蟒**

性别：不详

容貌：眼射晓星，鼻喷朝雾。密密牙排钢剑，弯弯爪曲金钩。头戴一条肉角，好便似千千块玛瑙攒成；身披一派红鳞，却就如万万片胭脂砌就。盘底只疑为锦被，飞空错认作虹霓。歇卧处有腥气冲天，行动时有赤云罩体。大不大，两边人不见东西；长不长，一座山跨占南北。

洞府：七绝山稀柿衕

兵器：枪

法术：无

法宝：无

战绩：

1. 和孙悟空战到三更，只有遮挡之力。

2. 独战孙悟空、猪八戒多时，天明前逃走。

3. 化为蛇形，钻洞被猪八戒拖住尾巴。

4. 被孙悟空从前门打中，由后门窜出，撞倒猪八戒。

5. 吞下孙悟空，被戳穿脊背杀死。

**无名先锋**

性别：男

容貌：九尺长身多恶狞，一双环眼闪金灯。两轮查耳如撑扇，四个钢牙似插钉。鬓绕红毛眉竖焰，鼻垂精准孔开明，髭髯几缕朱砂线，颧骨崚嶒满面青。两臂红筋蓝靛手，十条尖爪把枪擎。豹皮裙子腰间系，赤脚蓬头若鬼形。

洞府：麒麟山獬豸洞

兵器：枪

法术：无

法宝：无

战绩：奉命取宫女，战孙悟空，被打折长枪逃走。

**有来有去**

性别：男

容貌：无

洞府：麒麟山獬豸洞

兵器：无

法术：无

法宝：无

战绩：奉命去朱紫国下战书，被孙悟空套出情报后打死。

**赛太岁（金毛犼）**

性别：男

容貌：身长丈八，膊阔五停，面似金光，声如霹雳。

幌幌霞光生顶上，威威杀气迸胸前。口外獠牙排利刃，鬓边焦发放红烟。嘴上髭须如插箭，遍体昂毛似迭毡。眼突铜铃欺太岁，手持铁杵若摩天。

洞府：麒麟山獬豸洞

兵器：宣花钺斧

法术：无

法宝：紫金铃

战绩：

1. 战孙悟空五十回合不分胜负，料不能取胜，回洞。

2. 取假铃无效，被孙悟空用真铃唤来风火困住，被观音收走。

**蜘蛛精（七人）**

性别：女

容貌：闺心坚似石，兰性喜如春。娇脸红霞衬，朱唇绛脂匀。蛾眉横月小，蝉鬓迭云新。若到花间立，游蜂错认真。

飘扬翠袖，摇拽缃裙。飘扬翠袖，低笼着玉笋纤纤；摇拽缃裙，半露出金莲窄窄。形容体势十分全，动静脚跟千样。拿头过论有高低，张泛送来真又楷。转身踢个出墙花，退步翻成大过海。轻接一团泥，单枪急对拐。明珠上佛头，实捏来尖靴。窄砖偏会拿，卧鱼将脚。平腰折膝蹲，扭顶翘跟。扳凳能喧泛，披肩甚脱洒。绞裆任往来，锁项随摇摆。踢的是黄河水倒流，金鱼滩上买。那个错认是头儿，这个转身就打拐。端然捧上臁，周正尖来。提跟潠草鞋，倒插回头采。退步泛肩妆，钩儿只一歹。版篓下来长，便把夺门揣。踢到美心时，佳人齐喝采。一个个汗流粉腻透罗裳，兴懒情疏方叫海。

蹴鞠当场三月天，仙风吹下素婵娟。汗沾粉面花含露，尘染蛾眉柳带烟。翠袖低垂笼玉笋，缃裙斜拽露金莲。几回踢罢娇无力，云鬓蓬松宝髻偏。

比玉香尤胜，如花语更真。柳眉横远岫，檀口破樱唇。钗头翘翡翠，金莲闪绛裙。却似嫦娥临下界，仙子落凡尘。

洞府：盘丝岭盘丝洞

武器：无

法术：缠丝法

法宝：无

战绩：

1. 扑倒唐僧，用丝隐住洞门。

2. 被猪八戒唬住，吐丝将其缠住打伤。

3. 助蜈蚣精围攻孙悟空，吐丝欲擒之，被逃脱。

4. 再吐丝欲擒孙悟空，被其分身法打败，乱棒打死。

**蜜、蚂、蠦、班、蜢、蜡、蜻（七人）**

性别：男

容貌：无

洞府：盘丝岭盘丝洞

武器：无

法术：分身之法

法宝：无

战绩：

1. 围攻猪八戒。

2. 分身叮咬，击败猪八戒。

3. 被孙悟空变出七种鹰分别打死。

**百眼魔君（蜘蛛精、多目怪）**

性别：男

容貌：戴一顶红艳艳戗金冠，穿一领黑淄淄乌皂服，踏一双绿阵阵云头履，系一条黄拂拂吕公绦。面如瓜铁，目若朗星。准头高大类回回，唇口翻张如达达。道心一片隐轰雷，伏虎降龙真羽士。

洞府：黄花观

武器：宝剑

法术：千眼金光

法宝：无

战绩：

1. 下药毒倒唐僧、猪八戒、沙僧，与孙悟空交手，得蜘蛛精助阵唬退之。

2. 与孙悟空战经五六十回合，渐觉手软，施法败之。

3. 被昴日星官镇住，毗蓝菩萨收服。

**小钻风**

性别：男

容貌：无

洞府：狮驼岭狮驼洞

兵器：无

法术：无

法宝：无

战绩：奉命巡山，被孙悟空使变化术套出洞里情报后一棒打杀。

**青狮精（二度下凡）**

性别：男

容貌：凿牙锯齿，圆头方面。声吼若雷，眼光如电。仰鼻朝天，赤眉飘焰。但行处，百兽心慌；若坐下，群魔胆战。

铁额铜头戴宝盔，盔缨飘舞甚光辉。辉辉掣电双睛亮，亮亮铺霞两鬓飞。勾爪如银尖且利，锯牙似凿密还齐。身披金甲无丝缝，腰束龙绦有见机。手执钢刀明晃晃，英雄威武世间稀。一声吆喝如雷震，问道敲门者是谁？

洞府：狮驼岭狮驼洞

兵器：刀

法术：无

法宝：无

战绩：

1. 三刀砍不倒孙悟空。

2. 战孙悟空二十余回合不分胜负。

3. 见猪八戒来助阵，心慌弃刀败走。

4. 回身要吞猪八戒，猪八戒急忙逃走。

5. 吞下孙悟空，却被各种折磨。

6. 想趁孙悟空从嘴里出来时咬死孙悟空，却被识破，崩碎了门牙。

7. 三人齐攻孙悟空，孙悟空飞走。

8. 被孙悟空用绳子拴住心肝，当成了风筝。

9. 大战猪八戒多时，趁其欲逃时擒之。

10. 再擒猪八戒。

11. 三人齐攻孙悟空七八回合，孙悟空飞走。

12. 欲砍佛祖，被文殊菩萨降服。

**白象精**

性别：男

容貌：凤目金睛，黄牙粗腿。长鼻银毛，看头似尾。圆额皱眉，身躯磊磊。细声如窈窕佳人，玉面似牛头恶鬼。

洞府：狮驼岭狮驼洞

兵器：枪

法术：无

法宝：无

战绩：

1. 三人齐攻孙悟空，孙悟空飞走。

2. 七八回合杀败猪八戒，趁其要逃时活捉。

3. 大战孙悟空，用鼻子将其卷住，反被捅伤鼻孔，被擒。

4. 大战沙僧多时，趁其欲逃时擒之。

5. 再擒沙僧。

6. 三人齐攻孙悟空七八回合，孙悟空飞走。

7. 欲砍佛祖，被普贤菩萨降服。

**金翅大鹏鸟**

性别：男

容貌：金翅鲲头，星睛豹眼。振北图南，刚强勇敢。变生翱翔，鷃笑龙惨。抟风翮百鸟藏头，舒利爪诸禽丧胆。

洞府：狮驼岭狮驼洞

兵器：方天画戟

法术：飞翔之术

法宝：阴阳二气瓶

战绩：

1. 眼明看到了因笑露出本相的孙悟空。

2. 把孙悟空捆翻，看出了他的本来面目。

3. 将孙悟空装入阴阳二气瓶，险些要其性命。

4. 劝青狮精趁孙悟空飞出嘴时将其咬死，却被孙悟空听到。

5. 三人齐攻孙悟空，孙悟空飞走。

6. 设计假意送唐僧过山，安排埋伏将其活捉。

7. 大战孙悟空多时。

8. 趁孙悟空逃走时飞起将其活捉。

9. 三人齐攻孙悟空七八回合，孙悟空飞走。

10. 欲擒孙悟空，被佛祖降服。

**白鹿精（比丘国丈）**

性别：男

容貌：头上戴一顶淡鹅黄九锡云锦纱巾，身上穿一领箸顶梅沉香绵丝鹤氅。腰间系一条纫蓝三股攒绒带，足下踏一对麻经葛纬云头履。手中拄一根九节枯藤盘龙拐杖，胸前挂一个描龙刺凤团花锦囊。玉面多光润，苍髯颔下飘。金睛飞火焰，长目过眉梢。行动云随步，逍遥香雾饶。阶下众官都拱接，齐呼国丈进王朝。

洞府：柳林坡清华庄

兵器：蟠龙拐杖

法术：化形遁走之法

法宝：无

战绩：

1. 与孙悟空苦战二十余回合，抵不住，逃走。

2. 与孙悟空交手，已是难敌，又遇猪八戒，败阵逃走。

3. 被主人寿星收服。

**白面狐狸**

性别：女

容貌：年方十六，形容娇俊，貌若观音，貌娉婷，美女。

洞府：柳林坡清华庄

武器：无

法术：化形遁走之法

法宝：无

战绩：被孙悟空、猪八戒围堵杀死。

**金鼻白毛鼠**

性别：女

容貌：有沉鱼落雁之容，闭月羞花之貌。美貌佳人。

发盘云髻似堆鸦，身着绿绒花比甲。一对金莲刚半折，十指如同春笋发。团团粉面若银盆，朱唇一似樱桃滑。端端正正美人姿，月里嫦娥还喜恰。

洞府：陷空山无底洞

武器：双剑

法术：化形遁走之法

法宝：无

战绩：

1. 大战孙悟空料不能敌，使变化术脱身，擒住唐僧。

2. 被孙悟空使变化术进入肚子，几乎折腾死。

3. 大战孙悟空。

4. 见猪八戒、沙僧齐上，化身逃走，再擒唐僧。

5. 被哪吒带天兵收服。

**铁背苍狼精**

性别：男

容貌：无

洞府：隐雾山折岳连环洞

武器：无

法术：无

法宝：无

战绩：

1. 献分瓣梅花计，骗过悟空三兄弟，擒住唐僧。

2. 献计用假人头两骗孙悟空。

3. 与众妖大战孙悟空，被一棒打死。

**南山大王（艾叶花皮豹子精）**

性别：男

容貌：炳炳文斑多采艳，昂昂雄势甚抖擞。坚牙出口如钢钻，利爪藏蹄似玉钩。金眼圆睛禽兽怕，银须倒竖鬼神愁。张狂哮吼施威猛，嗳雾喷风运智谋。

洞府：隐雾山折岳连环洞

武器：铁杵

法术：呼风唤雨

法宝：无

战绩：

1. 大战猪八戒，猪八戒听到孙悟空声音，奋起神威将其打败。
2. 派小妖变化成自己骗住孙悟空三人，擒走唐僧。
3. 率众大战孙悟空，被孙悟空分身打败。
4. 被孙悟空变的瞌睡虫催眠睡去，刚醒就被猪八戒打死。

**刁钻古怪、古怪刁钻（狼头精，二人）**

性别：男

容貌：无

洞府：豹头山虎口洞

武器：无

法术：无

法宝：无

战绩：

1. 买猪羊途中被孙悟空定住。
2. 向黄狮精报告洞府被灭。
3. 随九头狮子出战孙悟空师兄弟。
4. 奉命鞭打被擒的孙悟空，反被孙悟空打死。

### 青脸小妖

性别：男

容貌：红刺睛一头毛，似火飘光。糟鼻子，猱狭口，獠牙尖利；查耳朵，砍额头，青脸泡浮。身穿一件浅黄衣，足踏一双莎蒲履。雄雄纠纠若凶神，急急忙忙如恶鬼。

洞府：豹头山虎口洞

武器：无

法术：无

法宝：无

战绩：

1. 被孙悟空变作的假小妖骗过，引其入洞。
2. 随九头狮子出战悟空师兄弟。
3. 奉命鞭打被擒的孙悟空，反被孙悟空打死。

### 黄狮精

性别：男

容貌：无

洞府：豹头山虎口洞

武器：四明铲

法术：呼风唤雨

法宝：无

战绩：

1. 施旋风卷走悟空三人兵器。
2. 独战孙悟空、猪八戒、沙僧多时，不敌逃走。

3. 随九头狮子出战悟空师兄弟，大战猪八戒。

4. 再度围攻孙悟空、沙僧，被孙悟空分身打死。

**猱狮**

性别：男

容貌：无

洞府：竹节山九曲盘桓洞

武器：铁蒺藜

法术：无

法宝：无

战绩：

1. 随九头狮子出战悟空师兄弟，围攻猪八戒，战半日将其生擒。

2. 再度围攻孙悟空、沙僧，被孙悟空分身擒获，处斩。

**雪狮**

性别：男

容貌：无

洞府：竹节山九曲盘桓洞

武器：三楞简

法术：无

法宝：无

战绩：

1. 随九头狮子出战悟空师兄弟，围攻猪八戒，战半日将其生擒。

2. 再度围攻孙悟空、沙僧，被孙悟空分身擒获，处斩。

**狻猊**

性别：男

容貌：无

洞府：竹节山九曲盘桓洞

武器：闷棍

法术：无

法宝：无

战绩：随九头狮子出战悟空师兄弟，被孙悟空分身擒获，处斩。

**白泽**

性别：男

容貌：无

洞府：竹节山九曲盘桓洞

武器：铜锤

法术：无

法宝：无

战绩：随九头狮子出战悟空师兄弟，被孙悟空分身擒获，处斩。

**伏狸**

性别：男

容貌：无

洞府：竹节山九曲盘桓洞

武器：钢枪

法术：无

法宝：无

战绩：

1. 随九头狮子出战悟空师兄弟，被孙悟空分身击败。

2. 再度围攻孙悟空、沙僧，被孙悟空分身擒获，处斩。

**抟象**

性别：男

容貌：无

洞府：竹节山九曲盘桓洞

武器：钺斧

法术：无

法宝：无

战绩：

1. 随九头狮子出战悟空师兄弟，被孙悟空分身击败。

2. 再度围攻孙悟空、沙僧，被孙悟空分身擒获，处斩。

**九头元圣**

性别：男

容貌：无

洞府：竹节山九曲盘桓洞

武器：无

法术：腾云驾雾

法宝：无

战绩：

1. 率众狮出战孙悟空师兄弟。

2. 派众狮围住孙悟空、沙僧，擒下唐僧、玉华国主及其三子。

3. 独战孙悟空、沙僧，摇起左右头擒住二人。

4. 被孙悟空请来主人元始天尊收服。

**辟寒大王**

性别：男

容貌：彩面环睛，二角峥嵘。尖尖四只耳，灵窍闪光明。一体花纹如彩画，满身锦绣若蜚英。头顶狐裘花帽暖，一脸昂毛热气腾。

洞府：青龙山玄英洞

武器：钺斧

法术：腾云驾雾、变化之法

法宝：无

战绩：

1. 施法捉住唐僧。

2. 三人合战孙悟空一百五十回合不分胜负，指挥众妖齐上打败孙悟空。

3. 再擒唐僧。

4. 三打三不分胜负，指挥众妖擒住猪八戒、沙僧。

5. 大战四木禽星。

6. 被龙王带兵围攻击败。

7. 逃跑时被井木犴咬死。

**辟暑大王**

性别：男

容貌：彩面环睛，二角峥嵘。尖尖四只耳，灵窍闪光明。一体花纹如彩画，满身锦绣若蜚英。身挂轻纱飞烈焰，四蹄花莹玉玲玲。

洞府：青龙山玄英洞

武器：大刀

法术：腾云驾雾、变化之法

法宝：无

战绩：

1. 施法捉住唐僧。

2. 三人合战孙悟空一百五十回合不分胜负，指挥众妖齐上打败孙悟空。

3. 再擒唐僧。

4. 三打三不分胜负，指挥众妖擒住猪八戒、沙僧。

5. 大战四木禽星。

6. 被龙王带兵围攻击败。

7. 逃跑时被摩昂太子率众擒获。

**辟尘大王**

性别：男

容貌：彩面环睛，二角峥嵘。尖尖四只耳，灵窍闪光明。一体花纹如彩画，满身锦绣若蜚英。威雄声吼如雷振，獠牙尖利赛银针。

洞府：青龙山玄英洞

武器：扢挞藤

法术：腾云驾雾、变化之法

法宝：无

战绩：

1. 施法捉住唐僧。

2. 三人合战孙悟空一百五十回合不分胜负，指挥众妖齐上打败孙悟空。

3. 再擒唐僧。

4. 三打三不分胜负，指挥众妖擒住猪八戒、沙僧。

5. 大战四木禽星。

6. 被龙王带兵围攻击败。

7. 逃跑时被摩昂太子率众擒获。

**玉兔精：**

性别：女

容貌：年登二十。

缺唇尖齿，长耳稀须。团身一块毛如玉，展足千山蹄若飞。直鼻垂酥，果赛霜华填粉腻；双睛红映，犹欺雪上点胭脂。伏在地，白穰穰一堆素练；伸开腰，白铎铎一架银丝。几番家吸残清露瑶天晓，捣药长生玉杵奇。

洞府：天竺国

武器：捣药杵

法术：化形遁走之法

法宝：无

战绩：

1. 与孙悟空斗经半日不分胜败。被孙悟空用变化术打败逃走。

2. 与孙悟空斗十数回合，料难取胜逃走。

3. 被主人嫦娥收服。